オメガの恋は秘密の子を抱きしめる
～シナモンロールの記憶～

CROSS NOVELS

華藤えれな
NOVEL:Elena Katoh

コウキ。
NOVEL:KOUKI.

CROSS NOVELS

CONTENTS

CROSS NOVELS

CONTENTS

オメガの恋は秘密の子を抱きしめる

〜シナモンロールの記憶〜

CROSS NOVELS

プロローグ

あの子のそばにいたい。あの子を助けたい。親子だと名乗れなくてもいいから。

自分にしかできないことがある。それをしなければ――。


そんな強い決意を胸に秘め、その朝、真雪《まゆき》は焼きあがったばかりのパンをバスケットに詰め、これまで一度も行ったことのない屋敷へとむかった。

今年三歳になる男の子――愛しい我が子に会うために。

と同時に、その父親――たった一人、ただ一度だけ、全身全霊で愛したひとのそばで自分にできることをするために。

（それを果たすことができたなら、未来もなにもいらない。この命さえも……）

街外れの木立の前でバスを降りると、小さな水溜りに、水色の空と雲、そして、ほっそりとした真雪の姿が映っていた。

黒髪、黒い大きな眸《ひとみ》、エストニア人の父親と日本人の母親の間に生まれたのもあり、目鼻立ちは東洋人にしてははっきりとしている。

顔をあげると、黄色く染まり始めた白樺《しらかば》の木立の向こうに優美な邸宅が見えた。おとぎ話に出てきそうな、中世の古城風の邸宅だった。

「大丈夫、きっとうまくいく」

今回のことがなければ、生涯、足を踏み入れることがないような屋敷だ。以前の真雪なら気おくれしただろう。

けれど今は自分への不安や緊張はどうでもよかった。

勇気を出してインターフォンを押すと、ピ……という電子音が聞こえ、豪奢《ごうしゃ》な門の横にある通用門の入り口のロックが解除される。

ようやくあの子に会える。それからあのひとにも。

「……どういったご用件でしょうか？」

現れたのは、警察のような制服を着た警備員だった。

「紹介状をいただき、今日からこちらの伯爵家で下働きをすることになって」

「あ、ああ、それなら裏門へまわって」

ガシャンと金属音が響き、門が閉ざされてしまう。真雪は息を吸い直してあたりを見まわした。

「……あっちか」

裏門へと向かう道を進むと、邸内からふわっとベルガモットの香りが漂ってきた。厨房《ちゅうぼう》が近くにあるのだろうか。真雪が胸に抱いているバスケットのシナモンロールの香りと溶けあい、その甘くあたたかな匂いに、ふいに胸の奥から切なさがこみあげてきた。

というのも、この伯爵家の次期当主となる彼――ギルバートと、二人だけで過ごした甘美で愛おしい時間が記憶の底からよみがえってきたからだ。

四年前、春の終わりから夏の終わりにかけてのことだった。

あのころの真雪は、まだ今よりも少しだけ小柄で、身体もあまり丈夫ではなかった。

ギルバートはギルバートで、深刻な問題を抱えていたのだが、当時の真雪はそれをよくわかっていなかった。

今、そのことがとても悔やまれて仕方がない。

もっとギルバートのためになにかできたのではないか、もっと幸せを感じてもらえることがあったのではないか……と。

細い路地にある小さな雑貨店の奥——中庭の向こうにある工房に閉じこもり、ふたりで優しい時間を過ごした日々。

ふわふわでふっくらとした焼きたてのシナモンロールをちぎり、甘い香りのするかけらを互いの唇へと運んだり、紅茶の香りを味わいながらキスをくりかえした。

振りかえると、あんなにもあたたかく、あんなにもかけがえのない愛しい時間は他になかった。

『すまない、真雪、なにもできなくて』

ギルバートの口癖だった。

『幸せです、あなたがここにいてくれるだけで。ぼくこそごめんなさい、不完全なオメガで』

真雪の呟《つぶや》きに、彼はやるせなさそうに目を細め、そっとキスをしてきた。

その唇のやわらかさ、腕のぬくもり。

甘さと優しさに満ちた幸せなひととき。一緒にいられるだけでいい。少しでもこの時間が長く続きますように。

そう心のなかで祈りながら、あふれそうになる愛をこめて彼のキスに応えた。

なつかしくも切ない思い出。一生分の幸せを凝縮したような時間だった。

まさかギルバートがその時間をすべて忘れてしまう――記憶喪失になるとは想像もしなかった。

四年前の、あのときは――。

1　不完全なオメガ

「……っ」

　真夜中、フェリーのデッキから降り、長い通路を通って建物の外に出ると、ひんやりとした夜風が真雪のほおを打つ。

（うわ……寒……）

　春の終わりとはいえ、夜はまだ寒い。海からの風は冷たく、骨の芯《しん》まで冷えそうだった。

　ジャケットについたフードをかぶり、真雪が海沿いの道を進もうとすると、いきなり後ろから呼び止める男の声があった。

「待ってくれ、そこのきみ。フードをかぶった前にいるきみ」

「え……」

　ふりむくと、英国風の薄手のトレンチコートを身につけた長身の男性がたたずんでいた。さらりとした金髪、青い眸の、絵画のように美しい男性である。

「あ……あなたは……」

「覚えていてくれたんだ、よかった。きみもこのフェリーに乗っていたんだね、さっきはどうもありがとう」

　優しげな笑顔をむけられたが、どう反応していいかわからず真雪は口ごもった。

「えっ、あっ、い……いえ」

この男性に会ったのは、フェリーに乗る前に立ち寄った教会だった。

ミサのあと、階段から転げ落ちそうになった子供に気づき、真雪はあわてて手を伸ばした。そのとき、真雪よりも先に手を伸ばしたのが彼だった。

「あのときの怪我……大丈夫でしたか？」

子供を抱きかかえたとき、手すりの金具で切ったらしく、彼の手から血が流れていた。そのことに気づき、真雪はハンカチを出して止血した。

「大丈夫だよ、たいしたことはない。ハンカチ、洗って返すよ。こんな綺麗なニットレースのハンカチ見たことがないよ。すごく凝《こ》った刺繍《ししゅう》だ、高価なものだろう？」

「あ、いえ……あの、いいです……たいしたものじゃないんです。それ、ぼくが作ったもので」

真雪は肩をすくめて苦笑した。

「作った？　きみが？」

「あ、はい、旧市街で雑貨屋兼カフェをやっていて、そこに少し手作りのものを置いていて」

「そうなんだ、きみがこれを……」

驚いたように彼が手の甲に巻かれたハンカチを見る。

「雑貨屋兼カフェか。いいね、今度行くよ、どんなお店？」

「いえ、特にきていただけるようなお店では。簡単なパンとかケーキとかしかなくて」

「パン？　あっ……じゃあ、さっきのシナモンロールはもしかして……」

ハッとしたように問われ、真雪はうつむいた。

「あ、はい。すみません」

ハンカチで手当てをしていたとき、彼の胃が鳴ったので、空腹かと思い、お弁当代わりに持ってきていたシナモンロールを一つ手渡したのだ。

「どうして謝るんだ」

「あれも……ぼくが作ったものなので……考えたら、失礼だったのではないかと」

教会の周りにはレストランやバーがたくさんあった。真雪が作ったシナモンロールを食べなくても、もっと上等のものをたくさん食べることができただろう。

「とんでもない、あんなにおいしいシナモンロールは初めてで……」

感動したように彼が言ったそのとき、すっと目の前に車が停まった。

「ギルバートさま、お迎えにあがりました。お荷物をこちらへ」

黒塗りの高級そうな車から白手袋の運転手が出てきて彼のキャリーカートを手にとる。綺麗な発音の英語だった。名はギルバートというらしい。

「待ってくれ、家はどこ？　お礼に送っていこう」

「いえ、すぐですから大丈夫です」

真雪が笑顔で答えると、彼の携帯電話が鳴った。

待ってくれ――というような合図を示されたが、真雪は軽く会釈したあと、ギルバートに背を向けて旧市街への道を進んだ。

遠くにライトアップされた教会の尖塔《せんとう》と中世のころに建てられた城壁が見える。大通りを横切り、教会と市民ホールの前を抜けて旧市街へと歩いていく。

東欧の小さな国エストニア。真雪が生まれ育った首都タリンは海に面した中世の雰囲気の残るおとぎ話に出てくるような小さな街である。

病気の祖母の病院探しに向かったフィンランドの首都ヘルシンキからはフェリーに乗ってバルト海を二時間ほど南下する。

(世のなかにはああいう人もいるのか。一目で上流階級の人間だというのがわかるけど……近寄りがたい感じじゃなくて……すごく優しそうで……素敵だった)

とっさに子供を助けようとしたり、わざわざハンカチを返しに来ると言ったり、送ろうと声をかけてくれたり……。

石で造られた洞窟《どうくつ》のような、通称、ロックチャーチと呼ばれている小さな教会。しんとした静かな空間に反響していたパイプオルガンの音色がとても綺麗だった。足の悪い祖母の容態が少しでもよくなるようにと、市街地にひっそりと建った教会に祈りに訪れたのだが――。

「ギルバートさま……か」

彼からは、ふわっと薔薇《ばら》のような上品な香りがしてきた。香りだけではなく、髪も肌も衣服も靴も時計もなにもかも、見ているだけでも気おくれしそうなほど優雅な空気が漂っていたように思う。

「ただいま、デコ」

家の前までくると、小さな猫が「みゃおん」と鳴き、真雪の腕に飛びこんできた。

「ふふっ、くすぐったいよ、デコ」

ゴロゴロと喉の音を立てて、小猫が真雪のほおを舐《な》めてくる。

ふわふわとした被毛、小さな肉球、ふんわりとしたあたたかさが心地いい。

祖母のアニーが入院している今、真雪はこのタリンの小さな雑貨屋を併設したカフェで一人、デコと暮らしていた。

黒髪、黒い眸の日系の顔立ちをした小柄な体型の真雪は、まだ中学生くらいに間違えられることも多いが、これでももう十八歳を過ぎている。

真雪はこの国にテキスタイルを学びに留学していた日本人の母親と、エストニア人陶芸家の父親の間に生まれた一般的なベータの子供だった。

この世には、男女の性以外に、アルファ、ベータ、オメガという三種類の性があり、それをベースにした階級社会が存在している。

頂点にいるアルファは、王家、貴族階級、政治家、資産家、それから聖職関係の高位者に多い。人口の一割強を占めているそうだ。

そして人口の八割を占めるのがベータという性。男女比も能力も一般的らしく、なにもかもがスタンダードで、この世で一番生きやすい。

それから人口の一割にも満たないオメガという性は、現在、男性しか生まれていないらしい。男性といっても、オメガは妊娠出産のできる特殊な肉体を持ち、この数十年、アルファはオメガが相手でないと子孫ができにくくなった。

もちろんアルファの女性も妊娠出産することもできるが、年々、数は減っているらしい。理由は科学的にも医学的にも解明されていない。

オメガに生まれた者は第二次性徴期を終えると、一カ月に一度、数日間の激しい発情期に襲われてしまう。

その間に、つがいと決めた特定のアルファと性行為をすると、八割の確率で妊娠する。一方でつがいのいないオメガは『発情抑制剤の投与』、または『アルファの男性と性行為をすることで発情を発散させる』――という、どちらかの方法によって肉体の発情を抑えなければ、熱に耐えきれず死んでしまうケースもある。

それもあり、第二次性徴期を迎えたオメガは、発情を抑制する薬剤の投与が法律で義務づけられている。発情期のオメガの発するフェロモンは、アルファだけでなく、ベータの劣情も煽《あお》るため、近年、法律で厳しく管理されるようになったのだ。

ただしつがいの相手ができると、オメガはそれ以外の人間の劣情を煽ることはない。

そのため、大半のオメガは二十歳までにつがいの相手を見つけ、日常生活を共にするようになる。そうすることがオメガ自身の身を守ることにもつながるからだ。

ベータとして生まれた真雪は、普通の人生を過ごすはずだった。

けれど五歳のとき、突然変異のオメガだとわかり、それが原因で両親は不和になり、結局、離婚してしまった。

その後、母は日本で再婚し、今は服飾系の大学で講師をしているとか。父はドイツの陶器製作所で働いていたが、事故にあって亡くなってしまった。

(二人ともベータだった。おばあちゃんもベータだ。それなのに……)

オメガの突然変異とは、ベータとして生まれながらも、あるとき、急にオメガとなることをいう。

幼少時にアルファと密に接触してしまうことで、体内で眠っていたオメガの因子が活性化するケースがあるらしい。

医学的には難解な名があるようだが、一般的にはキメラ型とか突然変異型とか……わりと適当に呼ばれている。

きわめて数が少なく、世界的にも数十ほどの症例しか報告されていないため、くわしいことはなにも解明されていない。アルファとの接触を避けようにも、どのベータが突然変異でオメガになるのかわからないため、防ぎようがないらしい。

(あのころ、クリスマスマーケットで知りあった年上の男の子がいた。彼がアルファだったのかわからないけど……両親はその子が原因だと決めつけていたっけ)

両親の離婚後も、真雪は引き続き、この国に住む祖母の家で育った。

祖母のアニーと真雪、そして猫のデコとのひっそりとした慎《つつ》ましい暮らし。デコは小柄で子猫のようだが、年齢はもう十三歳くらいになる。外見はベンガルのようだが、短毛の雑種猫で、マンチカンのように足が短くて愛らしい。

まだ両親がいたころ、雪の降る夜にやってきて以来、デコはここで家族として暮らしている。

(あの年上の男の子……デコのこと……すごく可愛がってくれた。あまりよく覚えていないけど……絵本を読んでくれたりした)

あの男の子がアルファだったのだろうか。幼稚園にも近所にもアルファはいなかったので、両親はその子のせいだと怒っていた。

真雪がオメガになったあと、父が息子に近づくなと言って彼を怒鳴りつけた……という話をあとで祖母から聞いた。

それ以来、その子とは会っていない。どんな子だったのかももう覚えていない。

『あの男の子のせいよ。彼がいなかったら真雪はオメガになんてならなかったのに。ベータだったのに。そのせいで息子夫婦も仲違《なかたが》いして離婚して。恨んでも恨みきれないわ』

祖母はよくそう言って泣いていたが、真雪は誰かを恨む気はなかった。

実際、真雪が突然オメガになった本当の原因なんてよくわからない。

そもそもそうなる因子を強く生まれ持っていたからこそ、突然変異という形でオメガになってしまったのだ。

だからその男の子を責めることはできない。その子も悪気があったわけではないのだからと思うと、胸が痛くなった。デコのことも真雪のことも可愛がってくれたのに。まだオメガではなかったころの、真雪にとっての大切な友達だったのに。

（もし……どこかで会うことができたら謝りたい。顔も名前も年齢も何もわからないけど……。ぼくは遊んでもらえて楽しかったんだから）

それ以来、祖母から『オメガになったのなら、いつなにが起きるかわからないから。アルファと親しくなったらダメよ』と言って過保護に育てられたので、同年代の友達も、年上や年下の友達も真雪にはいない。友達はデコだけ。淡々と店を営んでいつも一人で過ごしていた。

「真雪くん、どうだったの、ヘルシンキの病院は？　昨日はお店を休んで、一日、アニーさんの転院先を探していたのよね？」

翌朝、店の前を掃除していると、向かいの家の夫人が声をかけてくる。

「あ、いえ……どこもダメで」

祖母のアニーは病気で足腰が悪く、殆《ほとん》ど歩けない。今は近くの医療施設に入院している。歩けるようになるためには高度な手術が必要らしく、ヘルシンキにいい病院があるからと紹介状を書いてもらって話をしにいったのだが、医療費が高額すぎて呆然として帰ってきたところだった。

掃除を終えると、真雪はデコを残し、祖母のいる海辺の病院へと向かった。

カフェは午前九時半から午後六時半までオープンしている。開店前、月曜から金曜まで、平日より多忙になる週末をのぞき、真雪は朝一番に祖母の見舞いにいくのを日課にしていた。

「おばあちゃん、調子はどう？」

病院に行くと、看護師とともに祖母のアニーが歩行器を使って歩く練習をしていた。

しかしここでどれだけがんばっても歩ける可能性は低い。せいぜい病気の進行を遅らせる程度だ。ヘルシンキの大病院で手術をすれば歩けるようになるのはわかっていても、やはり真雪には手術代を払う余裕はなかった。

「じゃあ、おばあちゃん、また明日」

祖母を見舞ったあと、真雪はオメガ専門の外来にむかった。突然変異のオメガはごくごく稀《まれ》なケースなので、健康状態がどうなっているのか一カ月に一度の検診を義務づけられているのだ。

「よくきたね。代わりはない？」

医師のところに行くと、問診が始まる。エドモンズというこの眼鏡をかけた細面の若い医師は、これまでロンドンにいたらしいが、最近、この国にやってきてオメガの外来を担当するようになった。

真雪の担当になったのも半年ほど前のことだ。

「まだ発情期はこないのか?」

丸い椅子《いす》に座り、真雪はうつむいてうなずいた。

「ええ」

「そうか。普通のオメガなら、十五歳前後に最初の発情期がきて、十七歳くらいから妊娠できる身体に変化するんだけど、突然変異のオメガは、時々、二十歳くらいまで発情期がこない例も報告されている。きみもそのケースかもしれないね」

突然変異のオメガにはいろんなケースがあるらしい。

元々ベータとして生まれたのでベータとしての因子も、他のオメガより強い。

ベータとオメガの因子がどのくらいの割合の配分になっているのかは、個人個人で異なるらしく、発情の時期や妊娠の有無の可能性もそれぞれ違うらしい。

「真雪くんの場合もくわしいことはもっと高度な専門機関で調べたほうがいいと思うんだけど」

「でも……だから寿命が伸びるというわけではないんですよね」

「そうとは限らないよ。医学は日々進歩している。私が以前にいた施設でも様々な薬の開発を行っていた。突然変異のオメガの寿命を伸ばそうという薬も含めて。だから希望は捨てないで」

そう言われても、あと二年でどうにかなることはないだろう。もともと世界的にも突然変異のオメガは数が少ない。しかも変異の要因は特定されていない。

共通しているのは、発情期の訪れがなく、妊娠もしなかった突然変異のオメガは、体内でのホルモンバランスが狂い、二十歳前後で死んでしまうか、あるいは身動きが取れなくなり、機械の力を借りて寝たきりのまま数年ほど延命するか。

（そうなったら、おばあちゃんとデコが……）

自分が身動きが取れなくなったときの、延命措置は断っている。祖母の負担になりたくないので。

いずれにしろあと二年ほどしかない。

もともと生きることに執着心は抱いていない。というよりも、二十歳くらいまでの命かもしれないと聞いて育つなかで、気がつけば物事に執着しないようになっていた。

今、あるものがすべて。祖母とデコのいる生活が平和であればいい。普通に暮らすことができるだけで幸せだ。多くは望まない。そう思って生きてきた。

そして十八歳になってしまった。あと二年、この身体が持つかどうか——自分の生への執着はないけれど、祖母とデコのことが心配で泣けてくる。

「……っ」

頼りになる親戚《しんせき》はいない。近隣の人にお願いするにしても、金銭的に余裕のある家はないし、店や土地を売ったら祖母の帰る場所がなくなってしまう。そもそもたいした金額にはならない。

それに今のままの状態では祖母は働くこともできない。歩けるようになれば、昔のようにカフェを開くことも可能だろうけれど。

店自体は、そんなに忙しくない。一日に数人、客がくるかどうかの雑貨店を併設した小さなカフェでしかない。メールで注文された童話を探し、届けに行ったり、店の雑貨を見て注文してくれたお客さんのために手袋や帽子といったニット製品を用意したり、あるいはふらりと立ち寄った雑貨目当ての観光客にお茶とケーキを出すくらいなもの。

（どうしよう。二十歳まであと二年しかない。おばあちゃんにどれだけお金を残せるだろう）

夜、港湾工事や船の荷運びの仕事をするのが一番だろうか。深夜なら働くことができる。

帰り道、真雪が職業紹介センターをのぞいていると、路地の向こうから歩いてきた長身の男性が声をかけてきた。

「やあ、昨日はどうも」

「あなたは……」

昨夜、フェリーで会ったギルバートという男性だった。ハイブランドのチェックのストール、ベージュのトレンチコートがいかにも英国男性といった風情だ。

「お店は今日は休み？　今、のぞいたら誰もいなかったから」

「えっ、いらしてくださったのですか？」

時計を見ればもう九時半近くになっていた。しまった、急がなければ。

「ハンカチを返しにきたんだ。ここに『ルウミとデコのカフェ』というタグがついていたからネットで調べて」

「え……ネットで？　わざわざすみません」

明るい光の中で見ると、薄暗い教会や夜のフェリーターミナルの出口で会ったときよりもずっと美しく、そして優雅な人だ。

「迷惑でなかったら、きみの店で朝食を食べたいんだけど、九時半オープンだったよね？」

「あ、はい。すみません、今からだと、用意をするのに、十五分ほどお時間をいただくことになると思いますが、いいですか？」

「いいよ、ゆっくりしたいんだ」

「ありがとうございます。ではどうぞいらしてください」

笑顔を浮かべ、真雪はギルバートを路地の奥にある店へと案内した。

その日からギルバートという男性は毎日のように顔を出すようになった。


時計の針が九時半を指す。

バターたっぷりのシナモンロールの甘い香りが店の外まで漂い、コーヒーメーカーの湯気が窓ガラスを曇らせる時間帯になると、毎朝、木製の扉が静かにひらく。

「おはよう」

カランカランとドアについたベルが反響する。

二人用のテーブル席が二つ、四人用のテーブル席が二つしかない小さなカフェ。

看板猫のデコに会いにふらっと近所の人が顔を出したり、観光客が雑貨を見にきたついでにお茶を飲んだりスイーツを食べたりする、本当に小さな店だ。

「おはようございます。いらっしゃいませ」

真雪よりも先にミャーと声をあげながらデコが寄っていくと、ギルバートはサングラスを胸にかけ、彼を抱きあげてそっと胸に抱いてキスをする。

「店主と同じできみもとても小さいね」

ギルバートが目を細めてほほえむ。その横顔を照らしているのは、真雪が編んだ薔薇模様のアンテイークレースのかかった大きな木枠の窓から差してくる陽射《ひざ》し。

もうすぐこのエストニアに短い夏がやってくる。今が一番美しい季節だ。

五月のまばゆい光が彼の金髪をきらきらと耀《かがや》かせている。すっぽりと手の中に隠れてしまいそうなほどの小さな猫を両手で優しそうに包み、彼はもう一度そっとキスをする。

「きみに会うのが楽しみだよ、デコ」

ずらりと古書が並んだ本棚と天井からぶら下がった電球を背に、ギルバートが小猫を抱く姿は、一枚のアンティーク写真のように美しい。

壁には年代物の鏡、それから犬や猫や鹿を象《かたど》った陶器や指人形の雑貨、真雪が編んだ七色のミトンタイプの手袋やテーブルクロスが売り物として棚に並べられている。

「デコ、かわいいね」

ギルバートの言葉がわかるのか、デコがミャアと嬉しそうに答える。

そのときの、ギルバートの美しく優しげな横顔とデコの甘えた顔を眺めているだけで真雪の顔は自然と綻《ほころ》ぶ。とても幸せな気持ちになってくるのだ。

さらりとした金髪、プライドの高そうな上品な美貌、長身にまとった上質なスーツ、質のいい革のカバン、それから磨き抜かれた靴。典型的なアルファといった感じが全身から漂う。しかも英国の貴族でもある。

「いつもありがとうございます。今朝はどうされますか？」

「ああ……ハーブティーセットを二セット。頭が冴えるハーブを用意してくれ」

それならジャーマンカモミールとリンデンフラワーをメインにブレンドしたハーブティーがいいだ

ろうか。ポットに湯を注ぐと、店内にリンデンとカモミールが溶けあった甘くさわやかな香りが漂う。それだけでもすっきりとした心地よい気持ちになる。

「音楽はいつも通りショパンにしますね。曲はなにがいいですか？」

「そうだな、今日はピアノソナタの3番ラルゴを」

静かに店内に流れるショパンのピアノソナタ。しっとりとした流麗なピアノ音が小さなカフェに流れていく。このあと、プレリュード、ノクターン、エチュード、ワルツ、コンチェルト……と、彼のリクエストが続くだろう。

ギルバートがここにくるようになって三週間ほどが過ぎた。

毎朝、ギルバートは窓辺の木製のテーブルに着く。

『静かにパソコンにむかえるカフェを探していたんだけど、この店はすごく静かで、仕事に集中できて嬉しいよ』

ギルバートはよくそんなふうに言う。

意外に思う外国人も多いが、エストニアはＩＴ大国で、ギルバートも叔父が経営している企業のＩＴ専用のタリン支社に勤務している。今月からそこの支社長を任されることになったとかで、アメリカの専門の大学を卒業したあと、やってきたそうだ。

真雪と出会ったときは、ヘルシンキ経由でタリンにやってくる途中だったらしい。

飛行機で入らず、フェリーでやってきたのは、ヘルシンキの美術館や教会に立ち寄りたかったからと言っていた。

彼は会社に朝一番に顔を出したあと、ここにきて朝食を食べ、パソコンを開いて仕事をし始める。

途中でお茶をお代わりしたり、ケーキを注文したりもするが、基本的には昼食を食べ、夕方まで働き、また会社に戻っていく。

時々、ソファで仮眠をとったり、デコの昼食を用意してくれたりもする。本人の話によると、会社ではあまり社員たちから好かれていないらしい。だがフェリーで会ったときも、ここにいるときも穏やかで優しくて、とても親しみやすい人柄のように感じる。

「朝食のセット二つ、お持ちしました」

「ハーブティー、とてもいい香りだね」

「ええ、カモミールとリンデンのポットです」

「パンもおいしそうだ。ソーセージも」

「今朝は、ほんのり黒糖の甘みが加わった黒パンに生クリーム入りのバターを用意しました。それからリコッタチーズとジューシーなソーセージと、キノコ入りグリーンサラダ、ヨーグルトを」

「あ、十一時になったらシナモンロールも頼む」

「はい、もうすぐ焼きあがるところです。いつものようにカプチーノとセットにしますね。あ、今日は苺《いちご》のシナモンロールですけど、いいですか？」

「ありがとう。きみのシナモンロールは世界で一番おいしい。苺シナモンは特に」

そう言われるととても嬉しい。ベリー系のお菓子を作るのが得意だが、最近は庭先で採れた真っ赤な苺を使って、ドライレーズンとパールシュガーをまぶしてパンの上に乗せている。シナモン入りのブラウンシュガーで味付けをしたパンの生地ととても相性がいいのだ。

「じゃあ、前に座って。一緒に食べよう」

彼がセットを二つ頼むのは、真雪と二人で食べるためである。

最初は断ったのだが、一人で食べるのはつまらない、だから一緒に食べて欲しい――と頼まれ、気がつけばこんなふうになっていた。

今では朝食と昼食は同じものを二つ作り、向かいあって食べるのが習慣のようになっていた。

他の客が来たとき、ギルバートは真雪の手が空くのを待っている。尤《もっと》も、彼の食事を妨げるほどの客がやってくることはめったにないのだが。

平日、この店が忙しくなるのは、シナモンロールを目当てに近所の人や観光客がお茶にやってくる午前十時くらいと、午後のお茶の時間くらいだ。あとはポツポツ……と客がくるだけ。

なので、最近はカフェスペースに開店から閉店までずっとギルバートが仕事をしながら座っていて、朝食、お茶、ランチ、お茶……と注文をするような感じになっている。

ショパンのピアノソナタの調べが流れる静かな時間。ギルバートと過ごすそんな毎日がいつのまにか真雪の楽しみになっていた。

2 プロポーズ、そして誓い

「――もう午後四時か」

午後、お茶を飲みにきていた客が去ると、ギルバートは仕事をやめ、テーブルの上に乗ったデコにポケットからとりだしたキャットフードのパウチを差しだした。

「お茶の時間だ。デコ、休憩につきあってくれ」

ミャーと声を出して、デコが幸せそうな顔で小皿に盛ってもらったフードを口にする。

「ありがとうございます、いつもいつも。デコもギルバートさまのことが大好きみたいです」

真雪は紅茶と小さなタルトを用意し、ギルバートのテーブルに運んだ。

「猫、大好きなんだ。昔、この国にきたときも、子猫を拾ったことがあって」

「昔？　この国にいらしたのですか？」

彼のカップに紅茶を注ぎ、差しだす。

「十数年前、母がまだ生きていたころ、この近くにある郊外の館に療養にきたことがあって。ここはロンドンよりもずっと空気がいいから」

そうだ、エストニアは世界でも有数の空気の綺麗な国だと言われている。イメージ的にもっと綺麗そうなフィンランドよりも澄んでいるらしい。

「ご病気だったのですか？」

「あまり丈夫ではなくて……そのせいか俺とも接触が少なくて」

「オメガだったのですか？」

「いや、彼女はアルファだった。ただ身体が弱くて……それで空気の綺麗な場所での療養が必要で、この国にきたんだよ。少しでも親子で過ごせたほうがいいだろうと、夏休みと冬休みの間はこの国で過ごしたんだ」

「冬も？　寒くなかったですか？」

「寒かったが……空気が綺麗な分、ロンドンよりはずっといいよ。街も静かだし。ここなら母ともうまくやれる気がしたんだが」

　ギルバートは少し視線を落とした。

「うまくやれる？」

「いや……うまくいってなかったわけではなかったが、俺は全寮制の学校に行ってたし、母は病気がちだったし、あまり交流がなかっただけだよ。それで夏と冬の間だけここにくることになって……初めての冬休み、雪のなかで死にかけている子猫を拾ったことがあって……」

「そう……なんですか」

「獣医にみせて、こっそり部屋で飼っていたんだが、ロンドンに連れていくことができなくて、母は猫嫌いだったので屋敷で飼うこともできなかった」

「それで？」

「親切な一家がもらってくれることになり、泣く泣くサヨナラしたんだ。デコを見ていると、そのときの猫を思い出すんだ。あの子もきっと幸せに過ごしているだろうと思って」

ギルバートはテーブルに座ったデコの顎《あご》を指の関節で撫でた。気持ち良さそうにゴロゴロと喉の音を立ててデコが彼の手にほおをすり寄せる。

その光景を眺めていると心があたたかくなって幸せな気持ちになっていく。

「きみとデコ、ちょっと似てるね」

デコの頭を手のひらで包み、ほおをすりよせながら、ちらりとギルバートが見あげてくる。

「そう……ですか？」

トレーを胸に抱いたまま、真雪は照れたように微笑した。

「ああ、クリっとした大きくてつぶらな眸、はにかんだような表情、かぼそい声、内気だけど気丈なところも、あと一見、人見知りに見えるのに、実はとても人懐こいところなんか」

「ぼくも……そんな印象なんですか？」

意外な気がして問いかけた。そんなふうに他人から分析されたのは初めてだからだ。

「違うの？　いつもとても親切に接してくれるじゃないか」

「それは……あなたが話しやすいから。本当はけっこう無口なんですよ、友人もいないですし」

「接客業をしているのに？」

「だから……このお店、お客さんが少ないんですよ。でもぼくにはこのくらいがいいんですけど」

「確かにバタバタと慌ただしく接客するタイプには感じられないね。あ、でも友人がいないようには見えないけど、本当に？」

「ええ、あまり人と親しくするのに慣れていなくて」

真雪は肩をすくめて苦笑いした。

「じゃあ俺はちょっと特別なのかな」

じっと食い入るように見つめられ、ドキリとした。

「かも……しれませんね」

「それなら嬉しいな」

ふいにギルバートを正視するのが気恥ずかしくなり、真雪は視線をずらした。どうしたのだろう、ただ視線があっただけでドキドキしてしまう。変だ。

（これって……まさか。どうしよう……短い命なのだから、誰かに執着しないで生きようと思っていたのに。誰かを好きにならないようにしようと思ってきたのに……）

それなのにこうしていることが嬉しくて仕方ない。

ギルバートがやってくるのが楽しみで、一緒に過ごしているのが幸せで、この静かな時間がもっと長く続いたら……と思ってしまう。

短い命だからと思い、他人に興味を持ったり、関係を深めたいと思ったことはなかったのに。

だけどこのひとは違う。もっといろんなことを知りたいと思ってしまう。最初に会ったときから特別なものを感じている。だから自分の気持ちをセーブできないのか、わからないけれど。

「実は……今日は大事な話がきみにあるんだ。前に座ってくれる？」

ふいにギルバートが真摯《しんし》な顔つきになり、真雪をじっと見つめた。

大事な話？　何だろう。真雪は小首を傾《かし》げながらもギルバートの前に腰を下ろした。

「アニーさんの手術代……俺に援助させてもらえないか」

その話か。もうあの話は終わったと思っていたのに。

時折、店にくる近所の人から祖母の容態について訊《き》かれることがあるのだが、そうした会話から、多額の手術代が必要なことや転院先の病院を探していることを知られてしまったのだ。

困っているなら自分に援助させてもらえないかと言われ、断ったのだが。

「この前、お断りしたように援助を受ける理由がありません。お借りしてもすぐに返済できるだけの経済力がありませんし」

「俺にとっては大した金額ではないんだ。返済なんて必要ない。もらって欲しいんだ」

立ちあがり、ギルバートは説得するように言って真雪の両肩に手を置いた。しかし真雪はきっぱりと返した。

「ありがとうございます。お気持ちはとても嬉しいです。ただ……あなたにとってはわずかな金額でも、ぼくにとっては大金なんです。それをいただくことなんてできないです」

「どうして」

「ギルバートさまは大切なお客さまだから」

「大切な？」

「お店に来てくださるの、とても嬉しいです。お話しするのも楽しいです。あなたがデコと話されているのを見るのが好きです。だからこそ、借りを作りたくないのです。なによりギルバートさまにはこの店での時間を楽しんでいただきたいので」

「俺もとても楽しいよ。だからこそ、力になりたいと思うのは間違っているのか？」

「友人としての親切の範疇《はんちゆう》を超えてます……」

「待ってくれ……きみのことを友人なんて思ったことはないよ」

さらっと返され、ハッとした。何ておこがましいことを口にしたのだろう、と。

「すみません。……ですよね。身分も違うし、お客さまとカフェの店員という関係でしかないのに、あなたの優しさを勘違いしてあつかましいことを言って」

「そうじゃなくて……俺は……」

なにかせっぱ詰まった様子で言いかけたものの、言葉を飲み、ギルバートはテーブルに着き直すと、ティーポットからカップにアールグレイを入れて少し口に含んだ。そしてなにか決意したように前に座る真雪をじっと見つめた。

「違うんだ、友人とか親切とか優しさとか、そんな綺麗な気持ちから申し出ているんじゃないんだ」

「え……」

「本当は俺はきみが……」

いつもより彼の眸の色を濃く感じた。その切なげな眼差しにどくどくと鼓動が高鳴る。見つめ返すと、ギルバートは少し目線をずらして気まずそうに言った。

「それはきみがオメガだから」

「……つまり」

一瞬、好きだと言われるかと思ったが、そうではなかったらしい。自分の思いあがりが恥ずかしかったが、それを恥じるよりももっと深刻な問題を感じて真雪は胸が痛くなった。

オメガだから——それが理由だとしたら、彼は子供を産んでくれる相手を求めていることになる。真雪には決してできないことを。案の定、彼はそれを口にしてきた。

「つがいになって俺の子を産んで欲しいんだ。つがいなら、援助をしても問題ないだろう？」

「産んで……どうするのですか？」

「いずれは伯爵家の跡取りにするつもりだ」

「伯爵家の？」

「俺には……父が決めた婚約者がいる。同じ英国貴族で、アルファの女性だが、社交界で見かけた程度で話をしたこともない。家と家との関係、会社同士のつながり……そんなしがらみに縛られているのもあって、俺の一存では簡単に婚約破棄できない。だが、きみとの間に子供ができたときは……伯爵家の家督を継がせることを条件に、父も周りもきみとのことを認めてくれるだろう」

「そういうことですか。でもそれならもっとふさわしいオメガが他に……」

「ふさわしいって、きみ以外にどこにいるんだ」

「え……」

「俺が好きな相手はきみだけなのに」

「好き……？」

真雪は声を震わせた。

「誰にも渡したくない。つがいになりたいんだ。だけどきみが嫌なら無理強いはしない。それでも援助だけはさせて欲しい。好意として受けとってくれ。友人としてではなく、恋する者からの貢ぎ物とでも思って」

驚きのあまり、全身が小刻みに震える。好きな相手から好きと言われた。しかもつがいになりたいとまで。もし自分が本物のオメガならどれほど嬉しかっただろう。つがいとなって彼の子供を育てて暮らせたら。だけど……違う。

「ごめんなさい……」

眸に涙が溜まってきそうになるのを真雪は必死にこらえた。

「つがいにもなれませんし……好意を受けとることも……」

「そんなに……俺が嫌なのか。貢ぎ物としても受けとれないのか？」

真雪は泣きそうな顔で首を左右に振った。

「……違うんです。お気持ちに応えたくても……ぼくには無理なことなのです」

「無理って……決まった相手がいるのか？」

真雪はもう一度首を左右に振った。そして涙の溜まった目でギルバートを見つめた。

「いえ、誰もいません。だって……ぼくは……」

言わなければ、自分が何者なのか。息を吸って、真雪はきっぱりと言った。

「不完全な……突然変異のオメガですから」

「————っ！」

ギルバートが言葉を詰まらせる。じっと探るような目で本当にそうなのか？ ——と問いかけられている気がして、真雪は言葉を続けた。

「生まれたときはベータでした。五歳のとき、急に変異して」

このことは、祖母と医師、それから日本で暮らしている母しか知らない。

「そう……だったのか」

「発情期もないんです。だから……子供も産めないんです」

「つまり……きみは……」

ギルバートは痛ましそうな眼差しで真雪を見つめた。

真雪は目を細めてほほえみかけた。まなじりからポロリと涙が落ちていくのを感じながらも、できるだけ明るい笑みを浮かべて言った。

「ええ。このままだと、あと二年……二十歳くらいまでの寿命のようです」

「……っ」

ギルバートの手からカップが落ち、陶器が割れる音が店内に響く。しかし彼はそれにすら気づいていないかのような愕然《がくぜん》とした表情で真雪を見つめていた。

「い……いいのか、それで」

「覚悟してます」

真雪は床にしゃがむと、割れたカップの破片を集め始めた。

「俺が片づけるよ」

椅子から降りようとしたギルバートを、真雪は顔を上げて笑顔で止めた。

「いえ、ギルバートさまはお客さまなので、どうかそのままで」

「弁償する」

「大丈夫ですよ。また作ります」

「作る？」

「この店の奥に自宅工房があるんです。ちょっと古いんですけど、電気窯《でんきがま》もあって」

「作ったものなら尚更《なおさら》だ。償わせてくれ」

「いいです、どうかお気になさらず。カップ、別のを用意しますね」

破片を集めて立ちあがり、背を向けた真雪の腕を、後ろからギルバートが掴む。

「待ってくれ。さっきの話の続きだが……突然変異というのは本当なのか？」

「本当です」

腕を掴むギルバートの手が震える。真雪は振りむき、笑顔をむけた。

「あの、どうか普通に接してください。覚悟して生きています、残りの寿命は祖母とデコのために使えれば幸せだと思って。それなのに、あなたから思いもかけない優しい申し出をいただいて、何て幸せなのだろうと感じています。それだけにお応えできなくて心苦しいです」

「幸せ？　幸せに感じてくれているのか？」

「ええ。つがいになって欲しいとおっしゃったじゃないですか。子供も欲しいと」

「それを幸せに感じてくれているのか？」

「ええ」

真雪はうなずいた。

「本当に？」

「初めて教会でお会いしたときから素敵な人だと思っていました。こうして店に通っていただけているだけでも嬉しいのに、ましてやそんなことまで望んでくださるなんてどれだけ嬉しいか」

自分が普通のオメガで、命がもっと長く続く人生だったらこんなふうに心の中の思いをストレートに口にすることはできなかったと思う。

まず身分違いに恐縮した。それに恥ずかしさも。いろんな感情が邪魔をしただろう。けれど残された命があと少しだと思うと、素直に自分の心を言葉にできた。

「だから……すみません、お気持ちに添えなくて」

「待て、謝らないでくれ」

ギルバートは真雪の手を取った。

「相愛ということじゃないか。それならどうだろう、きみの残りの時間を俺にくれないか？　恋人として少しでも長く一緒にいよう」

祈るようにギルバートに問われ、真雪は驚いて目をみはった。

「残りの時間て……」

「だから援助させてくれ。お祖母さんの手術費用を俺に」

「お気持ちはとてもありがたいです。でも」

ギルバートは静かに息をついた。

「確かにきみとの間に子供ができたら最高に幸せだよ。だけど、きみがオメガであろうとなかろうと、例えばベータでもアルファでも、本当のところどうでもいいんだ。最初から……俺はただきみのことが好きで好きで」

「……最初？　教会で会ったときから……ですか」

一瞬、ギルバートは目を細めた。そして思いだしたように「ああ」とうなずいた。

「教会のパイプオルガンの前で祈っていたね。その姿を見ているだけで胸が騒がしくなった」

「じゃあ、子供を助ける前に……」

「ああ、ハンカチを借りたり、シナモンロールをもらったり……奇跡かと思ったよ。だからきみの店がわかってからは毎日ここにくることにして……一緒に過ごす時間が本当に尊くて、愛しくて……会うたび、きみのことが好きになっている」

「……ギルバートさま」

　どうしよう、あまりに嬉しくてどうしていいか。こういうとき、喜んでいいのだろうか。それがわからず、真雪はただ眸に涙を溜めて呆然と目をみはり続けた。

「一緒にいよう。俺にできることは何でもする。アニーさんの手術代もその後の彼女とデコの生活費もすべて俺がみるから」

　ギルバートは立ちあがって真雪の肩に手をかけた。

「いけません、何のお役にも立てないのに……そんなこと……」

「困っているのだろう？　きみがいなくなったら、デコもアニーさんも路頭に迷うことになるよ」

「わかっています、だけど」

「惹かれあっているんだ、なにをためらう必要がある。きみに限りがあるのなら、形だけでもつがいになって結婚しよう」

「待って、あなたには婚約者が。結婚だなんてとんでもないです」

　真雪は命に限りがある。ましてや彼とは身分が違いすぎる。

「婚約は保留にする。もともと父の決めたことだ。伯爵家を出ることになってもかまわない。そうすればアニーさんは俺の義理の祖母ということになる。俺が世話をしても何の問題もない」

「……いけません、破棄だなんて。伯爵家の後継者は……」

「それは後で考えればいい話だ。これからの二年、きみはなにも考えず、俺と愛を育むことだけを考えて。俺にきみの二年をくれ」

祈るように言われ、胸が苦しくなった。

愛を育む――そんな人生、諦めていた。誰かと愛を育てていくなんて。それを大好きな人が求めてくれているなんて。泣きたくなるほど嬉しい。自分も誰かと愛しあえるのだと思うと。

「イエスと言ってくれるか？」

顔をのぞきこまれ、真雪はうつむいた。

「少し……考えていいですか」

はい、と簡単には答えられない。真雪には時間がない。だからギルバートは――結婚をしよう、なにも考えずに愛を育むことだけを考えて――と言っているのだ。

けれどそんなことをしたら彼の人生はどうなるのか。リスクが大きすぎるのではないのか？

婚約者はどう思うのか？　彼の父親は？　貴族としてのしがらみや家同士のつながりは？

彼の立場やその後の人生は？

それらを考えると、どれほどありがたくても、素直に受け入れる勇気は持てない。

「少しというのは、いつまで……」

ギルバートが言いかけたとき、カフェの扉がひらいた。

「すみませーん、お店やってます？」

「こんにちは、ここの雑貨、見ていいですか？」

明るい声で観光客風の二人連れが入ってくる。

「あ、はい、いらっしゃいませ、どうぞ」

真雪はとっさに答えた。

その様子を見て、ギルバートはパソコンをバッグにしまい、真雪に耳打ちしてくる。

「今日は失礼するよ。だけど真剣に考えて欲しい。いい返事を待っている」


いい返事……か。

（形だけでもつがいになって……結婚……そんなこと考えられない）

店を閉めたあと、真雪はデコを抱いてバルコニーに出て、ぼんやりと街の景色を見つめた。

この季節、なかなか陽が暮れないので、いつまでも外は明るく、午後七時を過ぎてもまだ昼のように青空が広がっている。

このバルコニーの向こうに、小さな工房と中庭があり、観光客の少ない時期にまとめて休みをとってそこで雑貨作りに励む。

店内からはまたギルバートが好きなショパンの曲が流れてきている。

このごろ、彼が帰ったあともいつまでもショパンの音楽をかけたままにしておくようになった。彼がまだいるような気がして楽しい気持ちになるからだ。

ちょうど流れてきたプレリュード28番の2の、繊細な旋律に耳をかたむけながら、真雪は美しいタリンの街の向こうに見える青々としたフィンランド湾に視線を向けた。

さえぎるもののない空の彼方から太陽の陽が降り注ぎ、波濤《はとう》をキラキラと輝かせている。

カモメの飛び交う影がぼんやりと見える紺碧《こんぺき》の空と、石造りの古めかしい建物が密集したおとぎの国のような市街地。

この国で静かに生き、静かに消えていく人生だったのに、神さまは何という幸せをプレゼントしてくれたのだろう。大好きな人から愛される幸せ――。

「デコ……ぼく、すごく幸せだよ。本当に幸せなんだ。これ以上、望めないほど。だからこそ……無理だよ、彼にいい返事をするなんて。彼にも幸せでいて欲しいから。ぼくなんかと関わりを持ったら……貴族で、アルファで、立派な仕事があって、婚約者がいて……輝かしい道をまっすぐ進んでいた人生がおかしくなってしまう」

呟きながら、そっとその額にほおをすり寄せると、デコが「みゃあ」と小さな声で鳴く。かわいいデコ。この心地よい被毛が大好きだ。

自分がいなくなって、デコはどうなるのか。足が悪いままの祖母はどうすれば……。

そんなふうに悩んでいると、めずらしく祖母から電話がかかってきた。

『真雪、どうしよう……あと三、四カ月以内に、ヘルシンキかドイツのいい医療機関で手術をしないと、私、もう二度と起きあがれなくなるって』
三、四カ月……。その間に手術ができなければ、一生寝たきり――。
「……そんな」

今が六月初旬。では九月くらいまでに手術の必要があるということか。

無理だ。三、四カ月で手術代を捻出《ねんしゅつ》するなんて。同じユーロ圏ではあるものの、ヘルシンキもドイツもエストニアにとっては外国だ。保険が適用されない。だからこの前、ヘルシンキに転院させるのを諦めたばかりなのに。

電話の向こうで泣いている祖母に胸が痛くなる。もともとあまり丈夫でなかったのに、真雪を育てるため、休みもとらずに懸命に店を経営してきた。

それでもいつも笑顔で真雪を大切に育ててくれた。お菓子作りや料理、レース編み、伝統工芸のミトン作りを教えてくれ、この店で生計を立てていくすべを教えてくれたのは彼女だ。

それ以外にも古いエストニア語の童話も読めるようになった。古時計の直し方も知っている。ハーブ作りもできる。そして二人で可愛がっているデコ。

『おばあちゃん、明日病院に行ったときに話をしよう。主治医の先生にも話を聞いてみるから』

電話を切ったあと、しかし真雪は途方にくれた。

どうしよう、ギルバートに借金を頼むしかないのか。いや、それを二年で返すことなんてできない。おそらくどんどん体調が悪化するだろう。港湾工事の仕事をするか。いや、それも体力的に厳しくなるだろう。思いきって町外れにある男娼館のドアを叩くか。これまで何度か街を歩いているときに誘われたことがある。

ふっとそんな思いが胸をよぎったとき、再び、スマートフォンが鳴った。

病院からだった。祖母の担当医ではなく、オメガ専門外来にいる主治医のエドモンズからだった。エドモンズが真雪に電話をかけてくることなどこれまで一度もなかったが、どうしたのだろう。

『アニーさんの件、聞いたよ。大変なことになったね』

「え、ええ」

『それで……きみに一つ提案があるんだよ。金銭的に困っているのなら、私の知りあいの施設で、治験のアルバイトをしないか』

「治験……？　ぼくでもできるバイトですか？」

『きみにしかできないバイトだよ。開発中の発情促進剤を服用して欲しいんだ。突然変異のオメガにどのような変化をもたらすのか。発情期がないままなのか、あるいはもしかすると発情期がきて、妊娠する可能性が出てくるのかどうか』

「発情促進剤？　そんなお薬があるのですか？」

『ああ、まだ商品化するだけのデータがないんだけど、すごくいい薬が開発されるかもしれないんだよ。突然変異のオメガにも人工的に発情をうながせるような』

「人工的って、大丈夫なのですか、そんなことをして」

『ああ、許可をとるための臨床実験に成功すればね。ただ突然変異のオメガは、ごくごく数が少ないからデータが集まらなくて。もしきみが協力してくれるなら、アニーさんの手術代と入院費をこちらで負担しよう。それに……きみもそれで発情期がきたら、ホルモンバランスが変化して、二十歳を過ぎても生きていける可能性が出てくる。妊娠だってできるかもしれない』

「本当ですか？」

真雪は思わず声を弾ませた。そんな素晴らしい仕事があるなんて。

『ただし、薬の副作用でちょっと寝こんだりすることもあるかもしれないし、経過観察のため、しばらく専用の医療施設で生活してもらうことになる』

「それは……とてもありがたいお話ですね」

ただひとつ、心配なのは施設にどのくらいいることになるかだ。その間、誰にデコを預かってもらうのか。果たしてどのくらいの期間なのか。薬の効果が出て長く生きれられることになったら嬉しい。けれどそうでなかったら、二十歳までの残りの貴重な時間を失ってしまうことなる。

めずらしい。誰だろう。もう店は閉まっているのに。

窓から外をのぞくと、ギルバートがそこに立っていた。

「どうしたのですか、こんな時間に……」

ドアを開けるや否や、ギルバートは深刻な顔をして店内に入ってきた。まだ陽があるとはいえ、さすがに店内は薄暗い。明かりをつけようとする真雪の手首を捕まえ、真摯な顔で問いかけてくる。

「質問していいか、きみの主治医の名前は？」

突然、どうしたのだろう。

「エドモンズ先生ですけど」

「そうか、エドモンズだったのか。治験薬について相談されたりしてないだろうな」

「どうしてご存知なのですか？」

「……やはり」

ギルバートが眉をひそめ、これまで見たことがないような険しい顔をした。

「ギルバートさま？」

「すぐに断るんだ、あの医師は優秀だが……問題も多い。野心家で研究のためなら手段を選ばないところがある」

「先生とお知りあいですか？」

「あ、ああ、伯爵家、つまり父とつながりがあってね。とにかく彼の話は断るんだ」

「はい。そのつもりでした」

真雪は彼に笑顔をむけた。エドモンズから治験のバイトの話があったことで、反対に、真雪は自分がどうしたいのかはっきりと自覚した。

ショパンの音楽を耳にしたとき、ギルバートの言葉を思い出していろんな思いがこみあげてきた。生きたい、愛したい、愛されたい。美しいもの、愛しいもの、優しいものに囲まれて生きていきたいと。愛しい人たちにとって、自分も恥ずべき存在にはなりたくない、たとえ短い命でも愛している人以外に抱かれたくない。残りの人生を愛しいひととの時間でいっぱいにしたい……と。その思いを大切にしたい。

「本当に？」

「ええ。研究の間、デコと離れることになりますし、万が一、発情促進剤の効果が出なかったら、貴重な残りの時間の多くを研究施設で過ごすことになってしまいますから。それ以外にもちょっとひっかかることがあって。なによりぼくは祖母やデコ、あなたとの時間を大切にしたいと思ったので、この先の人生をあなたに捧げたいと」

真雪の言葉にギルバートが浅く息をのむ。

「……つまり……いい返事をもらえる、と受けとめていいのか」

真雪はこくりとうなずいた。

「俺と結婚してくれるんだね」

真雪は首を左右に振った。

「それはまだ考えられません。でもあなたの恋人にはなりたい」

「どうして結婚してくれない」

「…………結婚は……待ってください」

「だが、結婚すればアニーさんを俺の義理の祖母にできる。そうすれば社会的な保障が得られる」

「お気持ちは嬉しいです。でももう少し時間をください」

そんな結婚が彼にとって何のメリットもないことはわかる。

彼の立場、それに婚約者のことを考えると。

「なにかのためにという結婚はしたくないんです、だから、もう少し……」

この恋は、ただただ純粋で美しく優しいものとして貫きたい。祖母の手術代のために、真雪が助かるための結婚――そんな形にはしたくないのだ。

「手術代はどうするんだ。俺に払わせてくれるか？」

「もしお貸しいただけるのなら、精一杯、働いて返します。今から三カ月で集めるのは無理でも、二年あれば全額に近づけなくても少しは多く………」

「きみがそうしたいのなら任せる。俺との恋愛は別にしたいというならそうしよう。俺はどんな形でもきみといられるだけで嬉しいから。恋人になってくれるだけでも幸せだよ」

その言葉に胸が痛む。どうしてこんなに優しいのだろう。こんな優しさや愛情をむけられても、自分にはなにもできないのに。子供も産めない。ただ一緒に時間を過ごすことしか。

「……ごめんなさい」

「謝らないでくれ。俺のことが好きなら」

「え、ええ、もちろんです。大好きです。だからすぐにお金が入るとわかっても、エドモンズ先生のところに行かないと決めました。この先の時間をあなたと過ごしたいと思ったから」

どうしようもないくらい好きだ。初めて会ったときから惹かれて、ここで一緒に過ごすようになってどんどん好きになってしまった。

「ならそれでいいんだ、それで俺は幸せなんだから」

真雪の肩に手をかけ、ギルバートはほっと救われたような表情で言った。

「それで幸せ？　本当に幸せなんですか？　ぼくがあなたに渡せるものは……あなたを好きという感情しかないのに」

「ああ、もちろんだ。きみはどうなんだ？　俺から愛されて、どんな気持ちになる？」

愛されて？　そんなの、嬉しいに決まっている。世界中が輝いて見えるような喜びを感じる。そして人生でこれ以上ないほどの幸せを。

「あなたも……同じなんですか？　ぼくに愛されて本当に幸せを感じてくれるのですか」

もし、もしもそれだけでも彼が幸せと感じてくれるなら。

「ぼくにって……きみがいいんだよ。でないと、俺は幸せを感じない」

「ギルバートさま……」

どっと眸に涙が溜まっていく。その気持ちがあまりに嬉しくて胸が詰まってどうしようもない。

「ぼくは……ぼくは……あなたに愛だけしか送れません。他になにもできません。子供もできない。それでもいいんですか？」

「それが欲しいんだよ、きみの愛。それだけがあればいいんだ」

その瞬間、もう涙で彼の顔が見えなくなった。ぽろぽろと涙を流す真雪の背に腕をまわし、彼が抱きしめてくれる。

慈《いつく》しむような優しい腕。真雪はその胸にしがみついた。このひとを抱きしめたい。抱きしめられたい。触れあってこうしてぬくもりを感じていたい。その気持ちのままに彼の背に腕をまわす。ギルバートは目で見て感じていた以上にたくましく、引き締まった体軀《たいく》の感触があった。

「ありがとう、きみをやっと抱きしめられた」

「お礼なんて。ぼくこそ嬉しいです、こうして抱きしめられることが。思っていたよりもあなたはずっとたくましいんですね」

「きみは……ずっと細いね。これ以上抱きしめたら壊れそうで怖いよ」

優しく囁《ささや》き、ギルバートは真雪のほおや頭をあやすように撫で続ける。デコにしているときのような、そのやわらかな動きになぜかまた涙がこみあげてきた。

「大丈夫です……壊れないから……いっぱい抱きしめてください」

そう口にすると安心したようにギルバートがぎゅっと真雪を抱きしめる。

愛しさがこみあげてきて、胸の奥が滾《たぎ》る。どんな果実よりも甘酸っぱく、胸を狂おしく熱くする。けれどそれと同時に不思議なほどの静けさを感じていた。

こんなにも簡単なことなのだと、実感したからかもしれない。互いへの想いを共有し、互いへの愛を感じるということはこうしているだけでいいのだ、と。

午後十時を過ぎ、ようやく空が赤い薔薇の色へと変化していく。

近くにある教会の鐘の音が響き、ショパンの音楽と奇妙なほど心地よく溶けていく。

いつもは当たり前の日常として時間を素通りしていた夕空の色彩や鐘の音がとても神聖で、とても愛しいものに感じられた。

それからどのくらい抱きあっていただろうか。

窓の外には、まだこの時期特有の、薔薇色の夕焼け空が広がっている。

気がつけば、奥の部屋——真雪の寝室に移動していた。眠っているデコを店に残したまま、二人でそこに入り、ベッドに腰を下ろしてしばらくよりそっていた。

彼とそうしているだけで不思議なほど満たされる。

肩を抱かれ、頭を寄せられ、耳元やこめかみにそっと優しくキスをされていく。

ふわっと香る薔薇の香り。と同時に、彼の大好きなシナモンロールの香りがしてきた。

さっき、閉店前、『大好物だ』と言って彼がつまんでいたのをぼんやりと思いだしながら、明日は、摘みたてのブルーベリーをジャムにして添えようか、それともシナモンロールではなくブルーベリータルトを作ろうか……などと、考えを巡らせる。

そんな時間がとても幸せなのだと実感した。

大好きなひとに喜んで欲しい、大好きなひとのためになにかしたいと思える時間があまりにも愛しくて、そんな時間がすぎていくことにさえ切なさを感じた。

「さっきからなにを考えてる?」

「明日……シナモンロールにブルーベリージャムを添えようか、それともブルーベリータルトを作ろうか……考えていて。あの……どっちがいいですか?」

「どっちも欲しい」

ギルバートは笑顔で言った。

「じゃあ、そうします」

「……本当に、そんなことを考えていたのか?」

「ええ……幸せだなと思いながら……そんなことを考えていました」

「幸せなのか?」

「はい、あなたが喜んでくれることを想像していると時間が過ぎていくのが哀しくなるほど」

「哀しいって、どうして」

「あまりに幸せだから」

笑顔で言う真雪に、ギルバートは愛しそうに目を細めた。

「きみは本当にかわいい人だね。この国の空気のように清らかで、澄んでいて……天使のようだ。だから神さまはきみを早く連れていこうと……」

「神さま?」

「あ、いや、何でもない。それよりも本当にこんな気持ちは初めてだ。知れば知るほどきみが愛しくなる。唇に……キスしていい?」

真雪のほおに手を添え、ギルバートが指先で唇をなぞってくる。綺麗な指先。そこからもふわっと甘い薔薇の香りがしてきて胸が騒がしくなる。

「え……ええ、どうぞ」

恥ずかしくてほおが熱くなる。でもそれよりも触れて欲しいという気持ちのほうが強かった。自分も触れたい。キスしたいから。

「目を瞑《つぶ》って。俺も閉じるから」

ギルバートが唇を近づけてくる。震えながら目を閉じると、息が触れるか触れないかのところで止めて、彼は低い声で問いかけてきた。

「この先のことも……して……いいか？」

「え……っ」

ピクッと反射的に真雪は身を強張《こわば》らせた。

「あ、すまない、性急過ぎたな。きみのすべてが欲しくて……つい」

「あ、い、いえ、して……してください、全部全部、もらってください……あなたのこと……全部欲しいいし……ぼくのことも……」

真雪は目を開けて、ギルバートを見あげた。

「本当にいいのか？」

真雪はこくりとうなずいた。

自分のどこにこんな情熱があったのか。驚きながらも、彼が求めているならすべてもらって欲しいし、自分も彼が与えてくれるものをすべて受けとりたかった。これが愛するということなのかどうかわからないけれど。でもこれがきっと恋情というものなのだと思った。

「あの……ぼくは……なにもかも初めてで……つたないかもしれませんが」

「お互いさまだ。俺も愛する相手とは初めてだからね。……真雪は、男同士がどうやって愛しあうかは知ってるよね？」

「ええ……知識としては。普通のオメガなら、発情期にアルファと愛しあうと妊娠することも。でもぼくは発情期がきていないので……なにも知らなくて」

「いいのか、なにもかも俺が初めてで」

もう一度真雪はうなずいた。

「ええ。あなたと会わなかったら、ぼくは人と愛しあうことなどなにも知らないまま逝ったと思います。知らないまま生涯を終えていたと。だからこんなに嬉しいことはないです」

「きみは……本当に素直で可愛いよ。やはり天使だな」

真雪のほおに手を伸ばし、愛しそうにギルバートが呟く。

「そんなに……いいものでは……ありません。素直なのは、意地をはったり、照れたり、恥ずかしがったりする時間がないから。だからきっと素直になりたいんです」

「なら、俺もしたいことをストレートに言うよ。今からきみを俺のつがいにするね」

「あ、でもぼくには発情期は……」

「それでもいい、形だけでも俺のものにしたい。いや、俺のものにする。欲しいんだ、すべてが」

これまでよりもずっと強い口調に、真雪は心地よい拘束感をおぼえた。独占欲というのか、所有欲というのか、そんなものをむけられたのは初めてだった。他者からの執着。それがこんなにも嬉しいものだったなんて。

「どうかあなたのお好きなように」

湧《わ》きあがる想いのまま、そう告げると、ギルバートは「ありがとう」と呟き、そっと真雪を抱く腕の位置を変えた。

真雪の背後にギルバートが立ち、あたたかな息が耳の裏に触れる。

ああ、これからつがいになるのだと思ったとたん、息が震え、ひざがガクガクとし始めた。

一生に一度の、一番大きな儀式――。

どくどくと胸壁を打つ音が大きくなり、皮膚が張り詰める。

素直になろう、恥ずかしがっている時間はないから彼にすべてをゆだねよう……と心で自分に言い聞かせても、やはり緊張してしまう。

とにかく震えを止めようと息を殺したその瞬間、ちくりと首筋に甘い痛みが奔《はし》った。

「……あ……っ」

じわっと、その刹那《せつな》、血管が熱くなった気がした。軽く、そっと甘噛みするように首の付け根に歯を立てられているだけなのに、何だろう、この不思議な感覚は。

「っ……ん……ふ……っ」

皮膚が粟立《あわだ》ったかと思うと、骨の芯までじんわりと心地よく痺《しび》れていく。とても熱く、それでいてやわらかくて甘い愛しさのようなものが全身を駆け巡るのを感じる。

首筋からギルバートのＤＮＡが侵入し、真雪の体内の奥の奥に溶けていくのを感じた。

そうしているうちに自分の血も皮膚も骨も魂もどんどん透明になり、消えそうになったところを狂おしい愛によって魂まで上書きされ、これ以上ないほど甘美な色に染めかえられていった――ような気がした。

「……っ」

自分は彼のつがいになったのだ。

それがとても嬉しい。純粋に心の底からそう思った。

と同時に哀しくもあった。真雪が普通のオメガなら、数カ月に一度、ギルバートにのみ発情し、そ

れ以外のアルファには発情しないだろう。そしてギルバート以外のアルファからの情欲もむけられなくなる。

もう一度、ギルバートに同じ場所を噛まれるまで、このつがいの関係は続く。そして彼の歯の痕もそのときまで消えない。

けれど真雪には発情期はない。だから形だけでしかないはずなのに、彼に噛まれただけで肉体の奥のほうでなにか変化が起きているのがとても不思議だ。やはり自分もオメガなのだとはっきり知らしめられたような感じがする。

「痛かったか?」

「い、いえ」

「これで俺はきみのつがいだ」

つがい。その言葉に胸が熱くなり、泣きたくなるほど満たされる。こんな幸福があっていいのだろうか。

シャツをそっと肩まで下ろされ、今度はあらわになった肩のつけ根をギルバートが甘く噛む。

「ん……そこは……っ」

「感じるのか?」

「すみません」

「謝ることはない」

真雪のあごをつかみ、ギルバートが顔を近づけてくる。

「ん……っ」

首をすくませた真雪の唇に彼の息が触れる。そっと優しく触れるか触れないかのキスをされ、真雪が目を見ひらくと、ギルバートがほほえみかけてくる。

「この世界にいる間、この先、ずっときみは俺のものだ」

その言葉にまた泣きそうになった。この世界にいる間。つまり生きているかぎり。

「はい……」

うなずき、瞼《まぶた》を閉じると、そうすることが自然のように唇をふさがれた。

優しい感触とは裏腹に、とても強引なキスだった。深く口内に侵入してきた舌先が内部をさぐり、真雪の舌を搦《から》め捕《と》っていく。生まれて初めての濃厚なくちづけに戸惑ってはいるものの、強く抱きしめられながら求められ、言葉にならないほどの心地よさを感じた。

「ん……ふ……っ」

脳がまた甘美に痺れてきた。さっき首筋を噛まれたときと似て非なる痺れ。あまりに心地よくて、こらえきれず涙がこぼれ落ちていった。

「どうした？　辛いのか？」

涙に気づき、ギルバートがそっと唇を離す。

「あ、いえ……ありがたい、幸せだなと思って」

「さっきまで怖がっていたのに」

「ええ、怖いです。でもこれからあなたに必要とされて生きていくのだと思うと、ぼくもこの世に生まれてきてよかったなと思うのです」

「真雪……そんな切ないことを言わないでくれ。一分一秒が惜しくなって、きみを貪《むさぼ》り尽くしたくなってしまう」

ギルバートが真雪の顔を手のひらで包みこむ。そこにほおを預け、真雪は目を閉じた。

「貪り尽くしてください。本望です」

「ひどい男だな、きみは？」

「ひどい？」

真雪が目を開けると、ギルバートは少し憂いを帯びた切なげな眼差しをしていた。

「ひどい、残酷なまでに。次から次へと殺し文句ばかり」

「え……」

「その目もダメだ。表情も。なにもかも俺には毒のようだ」

忌々しそうに言うと、ギルバートは真雪を荒々しくベッドに押し倒した。さっきまでとはうってかわって、ぶっきらぼうなほどの強引さ。ベッドに横たわらされたかと思うと、彼は真雪の肩を押さえたままじっと見下ろしてきた。

「すみません……あの……ぼく……なにか不快なことを」

「ああ、不快だ。なにもかも不快だ。きみの目、唇、それに言葉……なにもかもがあまりにも愛し過ぎて、俺の理性を狂わせる。もう止められないからな」

愛しすぎて——という言葉に、不快とはそういう意味だったのかとホッとしたのもつかの間、ギルバートがシャツをたくしあげて胸に手を忍ばせてくる。

「あ……そこ……っ」

「恋人としてきみを愛したいだけだ」

緊張に唇を震わせながら、真雪は静かにまぶたを閉じた。

恋人になる、この大好きなひとの。

シャツが肩口まで脱がされ、ひんやりとした手で胸元を愛撫されたかと思うと、ギルバートが首筋に顔をうずめてきた。

「……っ」

熱い息が鎖骨に触れ、さっき噛まれた痕を唇が辿《たど》っていくだけで身体の奥が熱くなってきた。

それだけではない、彼の指先がかすかに乳暈に触れただけでも肌の下に甘ったるい熱を感じてどうにかなってしまいそうだった。

「ん……ふ……っ」

思わず奇妙な息が漏れてしまう。

「ここにキスしたい……この可愛い乳首に。いいか？」

トントンと指先で乳首をつつきながら問いかけられ、恥ずかしさのあまりほおがカッと熱くなったが、なにもかも彼にゆだねようと真雪は決めていた。

「……いいです、好きなだけキスして……ください」

緊張したか細い声で言う真雪に、ギルバートが浅く息を吐く。

「可愛いことを言う。素直さというのは、やはり毒のようだな」

ギルバートの唇が乳首に触れる。やわやわと唇でこすられ、啄《ついば》むようにキスされ、ジンと下腹のあたりが甘痒くなってきた。

「朝に咲く薔薇のようにみずみずしくて綺麗な肌だ……きみにぴったりだな」

「ありがと……ございま……あっっ……！」

褒《ほ》められたと思ってお礼を言いかけたが、乳首を歯で甘く嚙まれ、真雪はたまらずかすれた声をあげた。胸のあたりに痺れるような疼《うず》きが広がり、想像したこともない快感が真雪を包んでいく。

「あっ、ああ……あ…はあ……あっ」

「敏感だな。少し刺激されただけで、もうこんなにふっくらとさせて」

ふっくら？　乳首は刺激を受けると、膨《ふく》らむものなのか？　と胸元に視線を下げてみたが、ギルバートの唇に包まれていて確かめられない。

それどころかさらに強く甘嚙みされ、もう冷静ではいられない。味わったことのない甘美な疼きに、喉からなやましい吐息が漏れる。

「あ……っ……あ……いや……どうして……こんな……怖い……っ」

どうしたのだろう、だんだん変な声になっていく。

「大丈夫だ、怖がるな。きみを愛しているだけだから」

「ん……はい……っ」

わかっている。けれど自分の身体の変化に驚いているのだ。発情期がなくても、こんなふうになってしまうなんて。

「感じやすい身体だ。ここも……もう変化している」

「え……っ」

ズボンにしのびこんだギルバートの手が性器に触れる。手のひらに包まれ、そのとき、自分のそこが形を変えていることに気づいた。指先で触れられただけで、くちゅっと濡れた音がする。形だけでなく、性器の先端も蜜でぐっしょりと濡れていた。

「ごめ……ごめんなさ……」

「どうして謝る」

「……あなたの手……濡らして……」

「いいんだ、そのほうが嬉しいから。濡れているのは、きみの身体が快感を覚えているからだよ。もっとぐしょぐしょに濡れて、俺を悦《よろこ》ばせてくれ」

「それなら……もっと濡れたいです……濡らして……ください」

「まいったな、本当にきみはかわいいことばかり言って。罪深い男だ」

そんなつもりはない。ただ彼が悦んでくれるのが嬉しいだけ。粗相をしたみたいで申しわけなく思ったが、そうでないのなら。

「もう遠慮はしないからな」

性器を強くこすりあげられ、下腹にズンと重苦しい疼きが広がり、ぞくぞくとした痺れが背筋を駆けのぼってくる。

「あ……やっ……ああっ」

真雪の背を狂おしそうにかき抱き、ギルバートが唇と歯で乳首を愛撫しながら性器を弄《もてあそ》んでいく。

あまりの快感に身体の芯までどろどろになって力が抜けるのを感じた。

すごい、身体が溶けそうだ。焼きあがったばかりのパンにのった蜂蜜やバターみたいに、自分がとろとろになっていく気がする。甘酸っぱい感じの心地よさと心もとなさ。そんな感覚がないまぜになり、真雪はギルバートの背に爪を立ててしがみついていた。唯一、そこにしか力が入らない。

生まれて初めての身体の変化だった。いつしか真雪はなにも身につけていなかった。

「ん……っ……あぁ……あっ、あぁっ」

グチュグチュと蜜の音を立ててギルバートが爪の先をそこに喰《く》いこませてくる。こすられるたび、熱い痺れが脳髄まで駆けのぼり、真雪はさらに強く彼の背にしがみついてその疼きに耐えた。けれど甘い息が漏れるのは止められない。

「ああっ……ああっ、ああ」

無防備にさらされた性器をギルバートの手で弄《いじ》られ、淫らな甘い声を出している自分がたまらなく恥ずかしくて信じられない。それなのにそんな感覚さえ心地がいいなんて。

全身が痙攣《けいれん》したみたいに震え、乳首は尖《とが》り、腰は自分勝手にぴくぴくと揺れている。やがてギルバートの手にひざの裏をかかえられた。

「っ……そこはっ」

尻の割れ目の奥――窄《すぼ》まりに彼の指が触れ、真雪はハッとして唇をわななかせた。じっとこちらを見下ろし、ギルバートが笑みを見せる。

「オメガはここで孕《はら》むんだ。きみは子を作ることはないかもしれないが……ここできみとつながって愛しあいたい。俺を……受け入れてくれるか？」

その祈るような囁きに、肉体の快感とは別の熱い波のようなものが胸の奥からこみあげてくる。

「ええ……もちろん……です……きてください……ぼくのなかに」

いくらでも、どうか好きなだけきて。そしてあなたで埋め尽くしてください。そんな気持ちで呟いた真雪のまぶたをギルバートは愛しそうにキスしてきた。

「きみは……本当に……天使のようだな」

言いながら、そこを彼がほぐし始める。真雪の前からあふれる蜜を指先に絡め、ゆっくりと入り口のきわを揉《も》みながら、そこがひらかれていく。

「ん……っ」

彼の指先が内部で蠢《うごめ》き、その奇妙な異物感に背筋がピクリと震える。真雪は腰をわずかによじらせた。やわやわと粘膜に刺激を加えられ、じんわりとした熱が溜まると、そこから微弱な電流が奔り、痺れが広がっていく。甘酸っぱい感触とともにとろとろのとろ火で内側から粘膜を炙られている気がして、キュンと身体の奥のほうが切なく疼いた。

「あ……どうしよう……変です……身体が……っ」

息があがってくる。かすかだった電圧が少しずつあがっていくように真雪の身体の甘い痺れも激しさを増していく。

「そう、それでいいんだ、感じれば、肉体がそんなふうになる」

「……っ……感じれば？」

「そう……俺に感じているんだ、真雪の身体は」

ああ、この変化は自分の肉体が彼に素直に反応しているだけのことなのだと思うと、すべてが切ないまでに心地よくなってきた。後ろの粘膜が悩ましい収縮をくり返してギルバートの指を体内の奥へとひきずりこんでいくのが自分でもわかる。

「ああっ、ああ……あああっ」

指で肉の孔が広げられ、奥へと侵入した硬い指の関節がある部分をこすったとたん、脳が痺れたようになり、真雪はたまらず仰《の》け反《ぞ》っていた。その反動で膨れあがった乳首がギルバートの皮膚にぶつかってさらなる深い愉悦が全身を駆け抜けていく。

下腹の深部から信じられないほどの快感が湧きおこり、真雪の性器からはどくどくと粘り気のある蜜がほとばしって、気がつけば達していた。

「ああ……もう……ふ……っん……ああっっ」

なんという激しい快感と痺れ。性的に未熟な突然変異のオメガというのもあり、これまで射精らしい射精をしたことがなかった。性に淡白で、自慰すらしたことがなかったのに。

生まれて初めての絶頂に、真雪は大きく息を喘《あえ》がせ、呆然としたまま横たわることしかできない。

「……大丈夫か？」

と問われても、答えることができない。

これが絶頂。極めるということなのだと初めて知り、涙がこみあげてくる。あまりの快感の激しさとすさまじい肉体の変化に。真雪の性器は残滓を吐き出そうとするかのようにまだひくひくと痙攣をくりかえしている。そこからあふれた露を彼の手が受け止めようとするが、指先から漏れた雫が真雪の腿《もも》から尻の割れ目まで流れ落ちていく。

その感触に真雪はハッと我にかえった。

「ごめん……なさ……」

恥ずかしい。射精なんてしたことがないのに。

ハアハアと肩で大きく息をしながらも、羞恥と訳のわからない絶頂感が渾然一体《こんぜんいったい》となり、涙を流すことしかできない真雪のほおにギルバートがそっとキスをしてくる。

「素敵だ、恥ずかしがるな、今度は俺が飲んでやるから」

「やめ……そんなこと……」

「いいから。それより……代わりに……ここで俺を呑みこんでくれ。もう我慢できないんだ」

濡れたままの腰をひきつけられ、開いた足の間にギルバートが入りこんでくる。

濡れた蕾に触れる熱くそそり勃ったもの。その硬い感触がギルバートのオスだと認識したとたん、心臓がどくどくと音を立て、腹部の奥がキュンとなやましく疼いた。

「いいか?」

「え……ええ」

「少し痛むかもしれないが、我慢してくれ」

腰をつかんでいた手に力を加え、ぐっとギルバートが肉茎を突きつけてくる。ぬるっと亀頭の出っ張ったところが小さく窄まっていた肉の内側に挿《はい》りこんでくる。

「あっ……ん……んんっ」

薄い肉の輪が広がり、皮膚が捲りあげられていくのがわかる。息を止めた瞬間、体内に猛々しいものの先端が荒々しく侵入してきた。

「ひ、っ……あ……あぁっ……あああっ!」

痛い。激しく身体が痙攣する。引《ひ》き攣《つ》る痛みに体内がどうにかなってしまいそうなのに、得体の知れない渦に呑《の》まれるような、抗えない快楽が真雪の全身をとりこんでいく。

オメガはもともとそこに男を受け入れる肉体的機能を持つという。そのせいか、初めてなのに痛みよりも快感が優っているのかも知れない。

「くっ、あ……ああっ」

シーツに踵《かかと》がこすれ、仰け反っている真雪の体内にギルバートがゆっくりと腰を進めてくる。

「ああ、もう……苦し……っ……ああっ」

息ができないほどの苦しさ。猛烈な圧迫感に耐えきれず身悶えている真雪の耳に、ふっとギルバートの甘苦しそうな息遣いと呟きが聞こえてくる。

「――っ」

「くっ……きつい……だが……すごくいい」

すごくいいのだ、彼は真雪の体内が心地いいのだ。と思うと、その声と吐息がとても愛しくて、胸が熱くなってきた。自然とまなじりから涙が流れ落ちていく。痛みも苦しさもどうでもいい。この埋めこまれていく圧迫感に幸せをおぼえる。

「ギル……さ……あ……ああっ……んん……っ」

ずんっと奥を貫かれる刺激が心地いい。体内で硬く膨らんだオスがじわじわと膨張していく感触がたまらなく嬉しい。

「すごいな……喰いちぎられそうだ…」

真雪の腰をさらにひきつけ、ギルバートが腰を打ちつけてくる。彼の息遣いもいっそう荒々しくなり、真雪の声も甘さを増していく。

「あ……は……ああ……んぅ……っ」

互いの皮膚がこすれあい、快楽を伴った摩擦熱が粘膜に奔る。そのたび快楽の火花が散り、血が全身を駆け巡るように絶頂の波が頭の先から足先まで真雪を覆っていく。

「あぁ……あぁっ、あ……ギル……っ……」

「気持ちいいか？」

「いい……すごく……おかしくなりそ……な……ほど……ああっ」

いつしか思考は完全に麻痺《まひ》したようになり、奥の感じやすいところを突かれる快感に、真雪の唇から嬌声《きようせい》があふれ続けている。

「……あぁ……んっ……だめ……変になる」

「いいから、もっとおかしくなって。もっともっと」

そう言ってさらに激しく突かれ、もう我慢できなくなって真雪は自分から彼を求めるかのように腰を揺らしていた。

やはりオメガの肉体はそれを求めるようにできているらしい。不完全でも、突然変異でも自分はオメガなのだとはっきりと身体の奥で認識する。

「あっ、ああ……好き……ギルバートさ……好き……」

咽《むせ》び泣いたような声で無意識のうちにそんなことを呟いていた。

「俺もだ……俺も真雪が……好きだ……ずっとこうして……いたい」

唇にキスされ、頭がくらくらとするなか、真雪は後ろでぎゅうぎゅうに彼を締めつけていた。初めてなのに、肉体がどうするのか熟知しているかのように。

「あ……んん……あ……ああぁ……っ」

また絶頂がきてしまいそうな、異様な気持ちよさに涙が溜まってくる。これまでよりも甘ったるい声が漏れたとき、ひときわ奥を突き貫かれた。

「ああ……っ……あっ」

次の瞬間、頭のなかに真っ白な閃光《せんこう》が弾けていった。脳髄まで電流が奔ったような感覚と熱い波に襲われる感覚が同時に押し寄せてくる。

そのとき、ギルバートの精液が自分の体内に広がっていくのを感じた。熱いものが自分のなかに溶けていく。

「真雪……好きだ……大好きだ」

汗ばんだ真雪の前髪をギルバートの指先が梳《す》き、狂おしそうに額にくちづけてくる。デコがされていたようなくちづけとは違う。

もっともっと素敵だ。何という愛しいキスだろう。

まぶたを閉じ、そのくちづけを感じながら、真雪は体内に浸透していく熱に包まれるように意識を手放していた。

この愛がすべて。この愛のために生きていこう。それが幸せなのだから。

3　秘密の楽園

「ん……っ」

翌朝、目を覚ました真雪の傍らに、ギルバートの姿はなかった。

まだ身体をつないだときの激しさや熱さの感覚が肌に残っている。

自分は彼の恋人になったのだ。この肉体が滅びるそのときまで彼のものに。

昨夜は、あのあと二回肉体をつないだ。

初めて彼が射精をしたあとの記憶はおぼろげなのだが、二回目は後ろから彼が濃密なセックスをしてきた。異様なほど激しく乳首を弄ばれ、レーズンほどの小ささだったそれがグミのようになって、今もまだぷっくりと膨れたままだ。

そして三度目のときはぐったりとしていたのに、どうしようもないほど彼が欲しくなって、自分からキスをしてしまって、気がつけば、むかいあうような形で座ったまま肉体をつないでいた。ホットケーキに溶けるメイプルシロップのように意識も理性もどろどろに溶けてしまって、二度と離れられないほど深く結ばれた気がする。

（あれは……何だったのだろう）

三度目の精を放たれる寸前、下からこすりあげられ、貫かれている感覚に激しく肉体が痙攣し、感じたことのない快感にありえないほど身悶えてしまった。

『すごいな……後ろだけで達《い》けたのか』

後ろだけで――それがいわゆるドライオーガズムというものだというのを教え、ギルバートはそのままひくひくと痙攣する真雪の体内に精を放った。

あのときの恐ろしいほどの快感と幸福感が今も忘れられない。彼の精液が粘膜に溶けていくのを感じながら、ふっと、もし自分が生まれながらのオメガなら、今、彼の子供を宿してしまったかもしれない……そんな感覚をおぼえた。

突然変異のオメガなので発情がこないままかもしれない。だからそんなことはないのに。

それがとても哀しい。

けれど、それ以上に愛するひとと深く結ばれた事実を喜ぼうと思っていた。できないことを嘆くのではなく、できることに感謝する。そのほうがずっと幸せだから。

そんなことを考えていると、ミャーとデコが寄ってきた。

「おはよう、デコ。デコデコ、聞いて、昨日、すごいことがぼくに起きたんだよ」

真雪はデコを抱きしめて微笑し、そのままゴロンとベッドに身をゆだねた。

あのひとのことが好きだ。多分、これからもっと好きになっていく。

生まれてきてよかった、生きていてよかった、長い未来はないかもしれないけれど、素敵な関係を持てて良かった――そう思った。

これからは死ぬまであのひとの腕のなかにいられる。その未来を想像するだけで胸がいっぱいになり、目頭が熱くなってきた。

ぐすんと鼻水をすすると、腕のなかで不思議そうな顔をしてデコが真雪を見る。

「大丈夫、これはね、幸せの涙なんだ。デコ、ぼく、すごく幸せなんだよ」

自然と顔が綻び、笑顔のままチュッとデコのひたいにキスをする。ゴロゴロというその喉の音を聞きながら、ああ、デコに朝ごはんを用意しなければ——と、ベッドから降りた真雪は、寝室にもカフェにも洗面所にもどこにもギルバートがいないことに気づいた。

「……デコ、ギルバートさまはどこに行ったのかな」

今日は土曜日だから会社はないはずなのに。最後の絶頂をむかえたあと、彼はシャワールームで綺麗に身体を洗ってくれ、そのまま一緒にベッドで横になったはずだが。

「ギルバートさま？」

カフェに行き、デコに朝ごはんを出したあと、カウンターにギルバートからのメモが残っていたことに気づいた。

『おはよう、真雪。昨日はありがとう。今から手術代を払いに行ってくる。土曜でも午前中は受けつけてくれるそうだ。待っていてくれ』

ふわっと紙から彼のコロンの香りが漂ってきた。自分の皮膚にも染みついている。

病院に、もう？　それなら自分も行かなければ。返済をどうするかも話しあっていない。それに祖母に事情を話さなければ。

「……っ」

しかし出かける支度をしようと、顔を洗いに洗面所にむかったそのとき、真雪は不意に異様な火照りに肉体が襲われていることに気づいた。

これまで感じたことがない激しい疼きだった。何だろう、こんな感覚、味わったことがない。全身がむず痒い。乳首のあたりも性器もどうにかなってしまいそうなほど熱い。

「あ……ふ……んっ」

はだけたシャツの下には、赤く充血した乳首がぷっくりと膨らんでいる。彼の書いたメモに残る香りを嗅《か》いだだけで、まるでギルバートに嬲られたような感覚をおぼえ、真雪は浅く息を呑んだ。

「あ……っあっ……くぅっ」

下肢から熱い津波のような熱が突きあがってくる。

どうしよう、身体がとんでもないことになっている。細胞という細胞が痙攣したようになり、昨夜のようにギルバートにめちゃくちゃにされたくてどうしようもなくなってきた。洗面所の鏡に映る自分は、高熱でもあるかのように頬を上気させ、なにかにすがるような潤んだ目をしている。

「あ……っ」

そのとき、ハッとした。まさか……まさかまさか。

これはもしかすると……発情期……なのだろうか。

妖《あや》しい疼きに呑まれそうになりながらも、頭のどこかでそう冷静に悟った。きっとオメガ特有の発情だ。昨夜のギルバートとの行為がきっかけでそうなってしまったのかもしれない。

とっさに真雪は、寝室の前に行き、以前に病院からもらった資料を取りだした。突然変異型のオメガに起こりうる可能性について、詳細に記されているのだ。

そのなかには、性交渉がきっかけで発情期が起きてしまうケースもあると書かれていた。

極めて少ない症例だが、性行為によって肉体が成熟したり、肉体が感じたオーガズムがオメガとしての性をより強く目覚めさせて発情期を迎えることもある、と。

「そうなんだ……きっとこれが……」

多分、そうだ。つがいの契約をしたときも、三度目のセックスのときも、なにかが自分のなかで変化したような気がした。

異様な熱っぽさ。快楽が欲しくてどうしようもない衝動。全身が甘ったるい熱に包まれ、妖しい汗がにじんでくる。

発情……。これがオメガの発情なのか――――？

真雪は荒い息のままデスクの前に行き、ひきだしにしまってあった小さな箱から薬をとりだした。オメガ用の発情抑制剤。いつ発情期がくるかわからないのもあり、すぐに飲めるようにと処方されている。本当の発情期がきたときは、薬で抑制しないとアルファとベータを性的に刺激するだけでなく、性行為によってしか発情の熱が抑えきれないという。

「……ふ……っ……け」

水を口に含み、細長い錠剤を飲み干し、じっと洗面台の前でうずくまる。目を瞑り、異様な身体の変化に耐えているうちに少しずつ熱がひき、数分すぎると、それまでのことが嘘のように普段と同じような状態にもどっていった。あっという間の沈静化だった。

「すご……信じられない……こんなに」

こんなにすぐに抑制剤が効くということは、やはり発情期だったのだろうか――――。

薬の効果もあり、すぐにいつもと変わらない状態になった真雪は、上着をはおって店のオープン前に祖母の病院に向かった。

「……デコ、ちょっと待っててね」

ギルバートと連絡を取りたかったが、考えれば、彼の携帯電話の番号も彼のフルネームも彼の勤め先もよくわかっていないことに気づいた。

カフェにやってくる常連さんでしかない。

名前はギルバート。英国貴族で、郊外の情報システム会社の支社長をしている、社員には好かれていない——というくらいしか知らない。

しかもそれはすべてギルバートから聞いただけの情報だ。タリンの郊外にはいくつも情報システム系の会社の支社があるので、どれが彼の会社なのかもわからない。

英国系、スウェーデン系、ドイツ系の会社がそれぞれ十数社近く事務所を構えているのだ。

彼の会社がどこなのか、彼の本名は何なのか——ちゃんと全部聞こう。

そう思いながら、バスを乗り継いで祖母の病院に行くと、いつになく大騒ぎになっていた。

波止場の見える丘の上の総合病院。その敷地の一角にある外科病棟に祖母は入院していた。

「真雪くん、大変だ、おばあさんが車椅子に乗ったままいなくなって。電動車椅子が乗れるようになったとたん……こんな書き置きを残して」

看護師から書き置きのメモを渡され、真雪は愕然とした。将来と真雪への金銭的負担を悲観して、自殺するつもりらしい。

「そんな……おばあちゃん……」

緑の木々が揺れるなか、真雪は看護師たちとともに病院の近くにある崖《がけ》へと向かった。

バルト海に面したタリンは、標高が低く、浅瀬が続いているため、崖らしい崖はない。けれど一箇所、緑地公園の向こうに小高い崖がある。

祖母が自殺するとしたらそこしかない。空はどんよりと曇り、小雨が降っている。真雪は看護師の出してくれた車に乗り、緑地公園に着いた。

「わあーっ、大変だ、飛び降りだっ！」

「早く、早く、救急車、救急車を呼ばないとっ」

車から出たとたん、聞こえてきた叫び声に心臓が凍りつきそうになる。まさか、もう祖母は。

「救急車と警察に連絡しました。私たちも急ぎましょう」

看護師がポンと真雪の背を叩く。愕然とした顔で硬直していた真雪は、傘もささず、ハッとして声のする方向にむかって走った。

「おばあちゃんっ！」

崖から祖母が飛び降りたのかもしれない。迷惑をかけてばかりだと将来を心配していた。飛び降りたのは祖母だ。きっとそうだ。ああ、どうしよう、早く、早く助けないと。

はやる気持ちで現場にむかったが、違った、祖母は無事だった。

電動車椅子が崖の上に転がり、その前で祖母が地面に手をついて四つん這《ば》いの姿勢で倒れこみそうになっている後ろ姿が見えた。

「よかった、おばあちゃん、無事で」

肩からストールをかけ、雨に濡れたまま、海の方向を見つめて祖母が全身を震わせている。その傍らにさっきの叫び声の主なのか、男女が佇《たたず》み、崖の下のほうをのぞいていた。

今、いる場所は緑地公園の端——切りたったけわしい崖の続く断崖。十メートルほど崖のむこうに海が見える。

「おばあちゃん、大丈夫だったんだね」

ホッとして真雪は祖母に駆け寄った。しかし声をかけても祖母は茫然自失《ぼうぜんじしつ》のまま、首を左右に振って海の方向から目を離そうとしない。

「あああ、ごめんなさい……どうしよう」

どうしよう? なにがあったのか。

「どうしたの……何が」

「どうしよう、どうしよう……真雪、どうしよう……助けて……あのひとを助けて……」

「あの……ひと?」

尋常ではない祖母の狼狽《ろうばい》ぶりに悪い予感がして、真雪はハッとして崖の上から海をのぞきこんだ。強い風が吹きあがり、雨が顔を叩き、少しでも気をぬくと飛ばされそうになる。気をつけながら崖の下を見た瞬間、目に飛びこんできた光景に真雪は声を失った。

「……っ!」

バルト海の冬の流氷をふせぐ目的で作られた防波堤。海鳴りに交じって波がぶつかる音が不気味なほど強く響くなか、波間に浮かんでいる人の姿が目に入る。

「どうして……」

海面で吹き荒れている強風。岩にぶつかる波しぶき。激しい風に弄ばれるように大きく揺れている波間に、傘が浮かび、その傍らをぐったりとした様子でギルバートが漂っていた。

「あのひと……自殺しようとした私を……助けようとして……そのまま下に……」

岩にぶつかったのか、血の跡も見える。

明らかに彼の頭部から血が流れ出ているのがわかり、激しいショックに真雪は息をするのも忘れ、その場に凍りついていた。

曇天から降り続ける大粒の雨が真雪の全身を叩く。救急車のサイレンが遠くから近づいてくる。

真雪は訳がわからないままただ呆然と見ていた。


「……激しく頭を打っています。このまま意識を取り戻すかどうか。それどころか命が助かるかどうかすらわかりません」

医師の言葉に真雪は愕然とした。

ギルバートは病院に行き、知人の医師を介して祖母がヘルシンキの病院に転院できる手続きやその費用を支払ったあと、挨拶《あいさつ》に出向いたらしい。

そのとき、病室から出ていく電動車椅子の祖母を見つけ、そのまま追いかけた。

祖母の話だと崖まで行った祖母に自殺しないよう説得したが、口論になり、発作的に祖母が飛びこもうとして、それをギルバートが助けたとか。

「……っ」

神さま、どうか彼を殺さないでください。

ギルバートが入院し、目を覚まさない状態でいる間、祈るような気持ちで過ごしていたが、その間に、ギルバートが貸してくれたお金のおかげで祖母の手術が行われることになった。

「彼が目を覚まさないのに……私が手術を受けてもいいの？」

「……ギルバートさまの気持ちだから」

「あのひとと真雪はどういう関係なの？」

「恋人……かな。あのひとのことが好きで好きでどうしようもないんだ。初めてひとを好きになって幸せだなと思って……生きていくための喜びのような存在なんだ」

真雪の言葉に祖母が号泣した。

「ごめんなさい……私、てっきり真雪に乱暴なことをしようとしているんだと勘違いして……あのひとにひどいことを言ってしまって……きっとものすごく傷つけたわ」

「ひどいこと？」

問いかけたが、祖母はそのまま興奮したように泣き、とても話ができるような状態でなくなってしまった。

そのまま高熱を出して寝こんでしまったため、医師から『ギルバートさんの事故への自責の念が強いせいか、精神的ショックで混乱しているようだ。本人がおちつくまで事件のことには触れないようにしてほしい』とたのまれた。

（何だろう。傷つけるようなことって……一体、なにを）

オメガだから弄ばないで、というくらいしか思いつかない。けれどギルバートはとても寛容なひとだし、物事の道理がわかっているひとだ。祖母にそんなことを言われても、きちんと二人がどういう仲なのか、真雪をどう思っているのか説明しただろう。

あそこまで祖母が動揺する原因は何だろう。疑問を抱きながらも訊くことができなかった。

それに、入院中のギルバートにも会えなかった。

一般人が立ち入ることのできない特別貴賓患者用の病棟に入院しているので建物に近づくことすらできない。

それにまだ集中治療室にいるらしく、面会も許されてはいない。

看護師の話によると、ロンドンから彼の父親や使用人、弁護人などが現れ、ロンドンかベルリンの病院に転院させようという話が持ちあがっているとか。

(転院……それは……ギルバートさまが助かる可能性があるからだろうか)

それならいいのだけど。せめてそうであって欲しいのだけど。

毎日、祖母の見舞いのあと、真雪は祈るような気持ちでギルバートの病棟の前にむかった。

三日、四日が過ぎ、彼が事故にあってから一週間が過ぎたとき、顔見知りの看護師が病棟から出てきて、そっと真雪に耳打ちしてくれた。

「昨夜、意識が戻られました」

真雪はふっと涙腺《るいせん》がゆるむのをこらえた。

「……よかった、意識が戻られたのですか。命の心配は?」

「大丈夫ですよ。といっても、まだ安静が必要なのですが、真雪さんを見かけたら、無事を伝えて欲しいとギルバートさまにこっそりたのまれたので。内緒にしておいてくださいね」

「ありがとうございます…本当にありがとうございます」

真雪は涙を流しながら看護師に礼を言った。

よかった、ギルバートさまは無事だった。命の心配はない。しばらくしたらきっとまた会えるようになるだろう。

一刻も早く彼が回復することを祈りながら、真雪は再会の日のためにと新しいシナモンロールやタルト、ハーブティーの新作を考えることにした。

彼がここにもどってきたとき、少しでも居心地のいい場所にしておこうと思って。

そしてそれからしばらくして七月のまばゆい日差しが庭先のハーブを鮮やかに照らす夏の朝、真雪の店にギルバートが姿を見せた。

「どうしたの、デコ」

ミャアーと鳴くデコの声がしてハッとして窓を開けると、店とは反対側のバルコニーの下にギルバートが座りこんでいたのだ。

「ギルバートさま……大丈夫ですか」

パジャマの上にカーディガンをはおったような姿で。足元はサンダル。頭には包帯を巻いている。病院をぬけだしてきたというのが一目でわかった。

バルコニーの木戸をひらき、そこから階段を数段降りていく。真雪の店は高台にあるので、裏側は町の展望台へと向かう坂道に面していた。

「会いにきた」

真雪を見あげてギルバートが微笑する。痩《や》せただろうか。髪も少し伸びたような感じだ。再会の喜びが胸にこみあげてきたが、それよりも彼の様子が気になった。

「入れてくれるか」

「え、ええ」

彼を支えながらバルコニーに向かう階段をのぼっていく。頭だけでなく右足も痛めているみたいで、階段を上がるのも大変そうだ。それなのにこんなところまでよく一人で。

「ここに座ってください」

真雪はバルコニーから入れる中庭のソファに彼を座らせ、そこに面した工房で作りかけていた膝掛《ひざか》けをその肩にかけた。

「ここは？　見たことがないが、店の奥の空間？」

「ええ、店で出すハーブを作っている中庭と、雑貨を作っている小さな工房です」

「へえ、こんな秘密の空間があったのか。綺麗な中庭だな」

ソファにもたれかかり、ギルバートは中庭を見まわした。

ただハーブを育てているだけの小さな中庭だ。ブルーベリー、ラズベリー、クランベリー、カモミール、レモングラス、ミント、ローズマリーの他に、淡いピンクのイングリッシュローズのつるバラで工房の入り口を彩っている。

「今だけですよ、綺麗なのは。季節がいいですから。あの、それよりお茶を用意しますね。そのあと、病院にもどりましょう」

真雪がカフェのほうに戻ろうとすると、ギルバートが手首をつかんできた。

「ダメだ、やめてくれ」

「ダメって……どうして」

「このままだとエストニアに二度と戻れなくなる。そうなれば、きみとも会えなくなるんだ。だから……ここに……匿《かくま》ってくれ」

「匿うって……どうして」

「ここ、ここにいさせてくれ。この中庭がいい、その工房に住まわせてくれ、頼む」

「でも怪我が完治していないのに……そんな状態のあなたをここに匿うなんて」

「怪我はもういいんだ。本当は退院できるんだ。明日、その予定だった。ただ事故のことで父が立腹して、俺を国に連れて帰ろうとしているだけで」

「立腹？」

「ああ、こんな事故を起こしたと怒って、ロンドンの本社に戻すと言っているんだ。ホテルに預けた荷物もすべて、俺に無断でロンドンの屋敷に送り返してしまった。だからこんな格好でしか会いにこられなかったんだよ」

ギルバートの話では、彼の父親がエストニア支社の彼のポストには別の人間を据え、動けるようになったギルバートを英国の病院に転院させることにしたらしい。

「そう……だったのですか」

本当だろうか。まだ調子が悪そうに見えるが。

ミャアと鳴きながらデコがギルバートの胸に飛びこんでいく。ゴロゴロと喉を鳴らしてうずくまるデコをギルバートが愛しそうに抱きしめる。

「ほら、デコもここに住んで欲しいと言ってる」

「本当に……明日退院の予定だったのですか？」

「ああ、怪我の心配はもうない。ただ痛み止めが必要なので、薬は飲まないといけないが」

「でもそれなら通院の必要があるということですよね」

「ああ、でもしばらく安静にしていればいいだけだから。とにかく……誰が来ても、俺のことは……知らないと言ってくれ」

「え、ええ」

「きみとここで暮らしたい。だから仕事もやめる」

「え……っ」

「もともと叔父の会社の仕事は義理でやってたんだ。俺には他にやりたいことがある。できれば、きみの命がある間はここにいたいんだ、一分でも一秒でも長く」

「お気持ちは嬉しいです……でも怪我が心配で」

「大丈夫だ、安静にしていると約束する」

「ええ、くれぐれも無理はなさらないで。あの……ギルバートさま……あの……」

ぼくは発情期があるかもしれないんです、寿命がどうなるのか調べないとわからないのです、と彼に告げようとしたが、そのとき、玄関のインターフォンが鳴った。

「俺のことなら、知らないと言ってくれ」

真雪がカフェのほうにむかうと、彼を捜索している人たちではなかった。カフェがオープンしないのかと訪ねてきた観光客だった。

「すみません、オープンは九時半からなので」

まだ朝の八時だ。店を開ける前に、彼とちゃんと話をしよう。そう思って中庭に戻ると、ギルバートがデコを抱きしめたまま眠っていた。病院からの逃亡で疲れてしまったのだろう。

その後、彼の行方を追って親族や関係者がやってくるかと思ったが、しばらくそのようなことはなかった。ギルバートはあらかじめ自分に背格好のよく似た相手を雇い、車とキーを渡して、追っ手の目を眩《くら》ませることを計画していたらしい。

車でフェリーに乗り、バルト海を越えてヘルシンキ方面にむかい、そのまま車で北上し、スウェーデンへと抜けた——という筋書きを用意していたのだ。

それもあり、彼の父親の代理人はスウェーデン方面に捜索に向かったようで、真雪のところを訪ねてくることはなかった。

一方、祖母アニーの手術の日が決まった。まだ手術を受ける体力がなかったので、夏の終わり、九月に受けることになり、それまでは入院を続けることになった。

ギルバートが十分な金額を支払ってくれていたので、安心して祖母を入院させることができた。しかし今のギルバートは無一文だった。

「すまないな、もう手持ちのユーロがなくなってきた。そのうち何とかする」

なにも持たないギルバートというのは何て素敵なんだろうと思った。

祖母の入院費や手術費を始め、たくさんの借りがある。その代わりに今度は自分が彼の面倒を見るのだと思うと、恩返しできるような気がして少し嬉しくなったのだ。

「いいですよ、借金返済の一環ということで。ぼくががんばってあなたの生活費も稼ぎますから」

「真雪が？」

「ええ、今の時期は観光客が多いので忙しいんです。あ、その代わり、カフェの裏方の仕事、手伝ってくださいね。体の負担にならない程度でいいので」

「俺が？　カフェの裏方を？　それは面白そうだ。なにをすればいい？」

「まずはブルーベリーを仕分けしてくれたらいいです」

バスケットいっぱいのブルーベリーをギルバートにポンと手渡す。

「これを？　俺が？」

「そうしたら、今日の夕方までにブルーベリージャム入りのシナモンロールが作れます」

「わかった、すぐにとりかかろう。ブルーベリーは大好物だ」

「ありがとうございます。あなたの分も焼きますね」

「当然だ、俺に一番に食べさせるんだぞ」

「了解です」

カフェには、以前よりも少しずつ客が入るようになり、真雪の作った雑貨もよく売れるようになってきていた。そう大きな儲けにはならなくても、祖母の入院費の心配がなくなったので、ギルバートと二人でつつましく暮らす分には何の問題もなかった。

それにギルバートが真雪の名前で投資をしてくれるようになった。彼の名前だとバレてしまうのもあり、真雪の名前を使って、ネット上で株の売買をして少しでも生活の足しにと稼いでくれるようになったのだが、うまくいけばそれだけでも借りている分を返済できそうな感じだった。

病院に行かなくていいのか不安だったが、大丈夫だというギルバートの意思を重視し、しばらく様子を見ることにした。

「なにかあったら、すぐに救急車、呼びますよ」

「なにもないから大丈夫だ。医師からもあとは安静にして過ごすだけで、時間が一番の治療薬だと言われた。少し鎮痛剤を飲むときもあるが、いずれなくなるだろう」

本当になにも問題ないのだろうか。

毎日、彼の傷の消毒をしているが、外から見ているだけでは怪我の状態はわからない。

ただ、日に日に傷口が小さくなっていくのが救いだった。それでも無理はせず、彼は安静に過ごすようにしていた。

「真雪、見てくれ、俺に懸賞金がかけられている。すごい金額だ」

ある日、ネットを検索していたギルバートは自分の記事を発見して苦笑した。確かに、時々、伯爵家からの探偵か捜索中の警察なのかわからないが、カフェの中や客の様子をチェックしている様子が感じられたのもあり、真雪も警戒を怠らないようにしていた。

「中庭から奥は、外からはどうなっているかわからないので安心ですが、カフェに出入りするお客さんに見つからないよう、ぼくも気をつけますね」

人目を避けるため、彼がカフェで過ごすことはない。奥にある工房でパソコンを開いて、株のトレーディングをしたあと、真雪の中庭でのハーブ作りを手伝ってくれた。

「どうせなら、ここをキッチンガーデンと充実させよう。トマト、バジル、ワイルドストロベリー、きゅうりやセロリ、それからパプリカ。あとラディッシュも。俺がサラダを作ってやるよ」

「それは素敵ですね。ではサラダに合うパンはぼくが」

夏は野生のまま任せておくと、鬱蒼《うっそう》とハーブが茂り、強烈な緑の大気と草いきれに咽《むせ》そうなほどだ。ラヴェンダーや雛罌粟《ひなげし》、ローズマリー、カモミール、マリーゴールドの花が大量に咲く。おかげでカフェ側からも、裏の道路からも小さな中庭の奥がどうなっているのかが見えない。秘密の花園のように、二人とデコの生活を守ってくれている気がした。

朝、ギルバートがミントやカモミールといったハーブを摘んでお湯にかけ、少し苦味の残る瑞々《みずみず》しい生ハーブのお茶を飲む。

それから彼が作ったハーブいりの生野菜のサラダにゆで卵を添え、バターたっぷりのふわふわの塩パンに挟んで食べる。デザートはもちろんシナモンロールとフルーツタルト。そんなふうに二人で食べる朝食がとても楽しくなってきた。

幸せで穏やかな日々。こんな時間が長く続くわけがない、このままでいいわけがない……というのはわかっている。

真雪の命のタイムリミットがあと二年あるかどうか。その間、彼がこんなところに延々と隠れて住み続けることは無理だし、いずれ祖母も戻ってくる。なにより伯爵家がこの場所をつきとめるのも時間の問題だろう。

それでもせめてこの夏を共にしたい――そう思っていた。二人で過ごせるこの時間が本当に愛しくてこれまで生きてきたなかで一番幸せで濃密に感じられたから。

「……真雪、もしよかったら、俺に陶器作りを手伝わせてくれないか」

そしてここにきて一カ月が過ぎたころ、ギルバートが陶器の型取りをしていた真雪にそんな頼みごとをしてきた。ようやく足の怪我が良くなったのもあり、ハーブも仕分けやフルーツの仕込み、デコの毛づくろい以外の仕事がしたくなってきたらしい。

ここでの陶器作りはそう難しくない。本格的ではないからだ。液状の粘土を型に流しこみ、細かなフォルムやラインを手作業で整えたあと素焼きをして、絵を描いたり、スタンプで模様を描いたりして、釉薬《ゆうやく》を塗り、最後に千三百度の電気窯で焼く。

真雪が子供のころは父が陶器作りを担当し、母が編み物を担当し、祖母がハーブを育ててケーキやパンを作っていた。

今は真雪一人なので、どれもこれもちょっとしたものしかできないのだが、陶芸も編み物もハーブ作りもお菓子作りも、この店をやっていくために必要なことは一通り教わってできるようになっていた。

バカンスシーズンも終わりに差しかかって、市街地から人がいなくなったのもあり、真雪は週末以外は店を閉めてその間に陶器作りに励むことにしていた。

この季節、会社や工場が夏季休暇に入り、人々はバルト海に面したビーチや国外のリゾート地へ向かう。それもあり、街中から人が減るのだ。

エストニアはめずらしいジリジリとした夏の陽射しが中庭に降り注ぎ、しんとした路地の奥の建物には、時折、通り抜ける風の音しか聞こえてこない。

「陶器作り、やりたいのですか？」

真雪は午後のお茶の用意をしながら、ギルバートに尋ねた。

「前に、絵が得意だと言っただろう？　本当は画家になりたかった……と。特に絵本を作るのが夢だったと言ったはずだ」

そう、あまりにも意外で驚いたのを記憶している。この見るからにノーブルな英国紳士が実はエストニアの童話やムーミン漫画のような世界を描くのが好きだということに。

フィンランドで出会ったときも、あちらのそうした博物館を見てまわったあと、教会に立ちよったときだったらしい。タリンにきてからも、この店に通っていたころ、街のあちこちにある子供むけの博物館や絵のギャラリーをのぞいていたようだ。

「じゃあ、下絵を描いてください。商品化できるかチェックしますから」

「厳しいんだな」

「お店に出すものは売り物なのでちゃんと吟味したいのです」

真雪はスケッチブックとマーカーをギルバートに手渡した。

「うまくいかなかったときは？」

「猫のスタンプを押すだけにします。今回、補充しないといけない分はそう多くないので。陶器を補充したあとはレース編みもやらないといけないし」

「すごいな、きみは何でもできるんだな」

「全部、おままごとレベルですよ。タリンはハンドメイドの街ですから」

真雪がお茶をいれている間に、ギルバートはすらすらとスケッチブックに可愛い猫のイラストを描いていた。

「こういう猫のイラストは?」

何という愛らしい猫のイラストだろう。デコにそっくりだ。眠たそうな顔や、脱力したようにくったりと眠っているところ、それから幸せそうな顔で飛びついてくるときの姿……。

「すご……絵……上手なんですね。とっても可愛い、愛にあふれた絵ですね。さすがに画家を目指されていただけのことがありますね」

真雪の言葉にギルバートは少し伸びた前髪をかきあげ、窓の外に視線を向けた。

「そんなに大した画家になりたいんじゃないんだ。ここにある食器に絵を描いたり、絵本を作ったりできるような」

「素敵です、ギルバートさまの絵、本当に素敵です。お客さんにも評判になると思います。温かくて優しそうで愛情たっぷりで」

「嬉しいよ、実業家になるよりも、絵本を作ってのんびりと暮らしていきたいよ。昔、読んだこの国の雪の精の童話のような。だからここでの暮らしはとても楽しいよ」

「よかった」

「美しいものが好きだと言っただろう? 無条件に美しいもの、愛しいもの、優しいものに触れていたいと」

「ええ、ぼくも同じです、そんな世界で生きていたいです」

それは、これから先の真雪の生きる指標となっていた。

ギルバートと結ばれた翌朝、発情期のような症状が出たので、もしかすると普通のオメガになれたのではないかと期待した。けれどあれ以来、どれほどギルバートといても肉体が発情の兆しを示すことはない。

発情期というのは、つがいの相手といると、一カ月に一度、一週間ほど同じ症状が続くものだといわれている。ここで一カ月一緒にいるのに、あのときのような症状は出ていない。だとしたら、やはりあれは発情期の現れではなく、ただの突発的なものだったのかもしれない。

ネットで調べると、初めての性行為のあと、オメガの肉体はさらなる快感を求めて疼くということも書かれていた。あれはそうした類のものだったのだろう。

（普通のオメガになりたいという……ぼくの願いがそうさせてしまったのかもしれない）

ギルバートの頭の傷のことを考え、ここで一緒に暮らすようになってからは一度も肉体をつなげてはいない。真雪もそのような気分にはならないし、彼もまだ薬で痛みを抑えているようなので激しい運動は控えたほうがいいだろう。

「でも、陶器に絵を描くのはけっこう大変だな。絵皿でさえ、ちょっとした丸みがあるので、キャンバスのようにうまくはいかないな」

絵皿に絵を描きながら、ギルバートがぼそりと呟く。

「えっ、でもちょっといびつな感じで、可愛いですよ、その猫の絵」

「そうか？」

「とっても上手ですよ」

「それはよかった。では、もう少し慣れたら、真雪とデコとが幸せそうにしている絵を描いた絵皿を作るよ」

「楽しみにしてます」

「じゃあ、まずはこの絵皿を完成させるよ」

ギルバートの上品で綺麗な指先が描きだしていく猫の絵はとても愛らしい。

彼の好きなショパンの音楽をかけながら、真雪は工房と中庭を挟んだカフェの厨房で、苺、ラズベリーやブルーベリーのシナモンロールやタルトを作り、庭で取れたカモミールやエルダーフラワーでリラックスできるハーブティーをブレンドする。

「やっぱり真雪のシナモンロールは最高だ」

「ありがとうございます。うちのシナモンロールは季節ごとにトッピングが違うんで、これから先の他のものも全部食べて欲しいです」

「季節ごとに？」

「ええ、秋になると、栗《くり》やかぼちゃを乗せたシナモンロール。冬場には、ブルーベリーやクランベリーをドライフルーツにしてアーモンドやピスタチオと一緒に作ります。春はオレンジやレモンを間に挟むこともあります」

「素敵だな。季節で変わるのか」

ギルバートが手を休め、目を細めてほほえむ。

「え、ええ。だいたいがここの中庭で採れるものを使うんですけど、それがなかったときは市場で一番安く売っているものを。それがそのときの旬のものなので」

「じゃあ、中庭にたくさんフルーツを植えよう。俺がやるよ」

「無理ですよ、この庭、とても小さいんですから。それでなくても夏場は今みたいに勢いよくハーブが生えて、鬱蒼とした雰囲気になってしまうのに」

「いいじゃないか、この鬱蒼とした感じが秘密の花園のようで素敵だ」

そんなたわいもない話をする時間がとても愛しかった。

平日、祖母の見舞いをし、週末はカフェに客が現れたときは、真雪は客の相手をするが、それ以外はギルバートのそばにいて物作りをした。一緒にハーブを摘んだり、雑貨を作ったり、ケーキを作ったり。ままごとのような毎日があっという間に過ぎていく。

そして八月も終わりを迎えようとしていたころ。

「……もうこんな時間か」

窓から射す夕陽に気づき、ギルバートは金色の前髪を無造作にかきあげた。そばでレース編みのテーブルクロスを作っていた真雪は釣られたように動きを止めた。

「ここで過ごしているとあっというまに時間が過ぎていくな」

薄暗くなった室内とは対照的に、中庭に面したバルコニーのむこうでは、古めかしいタリンの街並みが焔《ほのお》のように赤く染まっている。

「明かり……つけますね？」

真雪は壁に手を伸ばした。

「いや、いい。このほうが外の風景が綺麗に見えるから。庭の緑も花も」

ギルバートは目を細めて夕空に視線をむけた。確かに夕日が美しく中庭の花や木々を美しく照らしている。ラヴェンダーや木苺《きいちご》、ブルーベリーが実り、それから薔薇や雛罌粟の花が咲いている。甘い花の香りで息苦しくなりそうなほどだった。

「……この時期のエストニアは空気が甘くて優しくてきみのようだ」

窓辺にもたれかかってギルバートは目を細めた。

伸びた前髪を下ろし、近くのスーパーで買った白いシャツとジーンズを身につけたギルバートは、ここでパソコンにむかっていたときよりもずっと若く見える。

あのときも会社員というより、セレブな英国紳士といった風情だったけれど。

「前から好きだと言ってる雪の精の童話……。あの絵本、子供のころ、この国でできた友人からもらったんだが、その絵本そのままの世界がここにある。だからここがとても好きだ。いつかああいう絵本の絵が描けたらと思って始めたのが、絵を描くようになったきっかけなんだ」

それは『雪の精と猫とルウミの物語』という童話だ。

病気の子ルウミを助け、猫をプレゼントした雪の精が春とともに消えていくという切なくて、それでいてとても心あたたまるお話である。

「エストニアにいらっしゃるまではイギリスにいたのですか？」

「いや」

「え……」

「アメリカの大学だ。特にアメリカが良かったわけではないが、同じ英語圏だし、卒業したイェール大は学ぶべきものも多かった。貴族社会がなく、社交界にも顔を出さなくて済む」

ギルバートはトゲのある言い方をしていた。なにか彼の心に思うところがあるのだろうか。

「貴族とか社交界とか……そうした因習のある世界……ぼくには想像がつきません」

「ああ、知る必要なんてないよ。アルファで、貴族で、しかも大企業の社長の息子だなんてつまらない人生だ。虚《むな》しい」

「虚しい？」

「好きな相手とこんなふうに過ごすことも制限される。絵を描くのも自由にできなかった。だから今は天国だ」

「お父さま……心配されてますよ」

不安な気持ちで言う真雪の肩を抱きこむと、ギルバートはほおにキスをしてきた。ミャーと鳴きながら、二人の足元にデコがじゃれてくる。

「大丈夫だ、秘書を通して無事だと連絡した。生きていることがわかれば父も安心してくれるだろう」

「本当に？」

「居候のままだと……迷惑か？」

「いえ……まさか。嬉しいです」

真雪が笑顔でほほえむと、ギルバートがそっと肩を抱き寄せ、深くキスをしてきた。

そう、ここにいてくれるだけで十分だから。

「ごめん、真雪、なにもできなくて」

病院をぬけだしてきた日から、ギルバートは口癖のように言う。

「そんなことないです。ここにいてくださるだけでいいですから。むしろぼくのほうが申しわけないです。恋人らしいこと……なにもしていなくて」

「それは俺のせいだ。この怪我が完治するまでは激しい運動ができない」

あの一夜以外、彼とは身体をつなげていない。けれど心と心が通じあっているせいか、それ以上のもっと深いところで彼とつながっている気がしている。

あの朝以降、真雪も発情期のような感覚を経験していない。

だからあの朝に自身の身に起きたことを真雪はギルバートには言わなかった。どのみちバカンスシーズンが終わり、九月になってからいつものように定期的な検査を受けるので、どういう状態なのかわかるだろう。

(何となく……そのときにはこの生活にも変化が起きている気がする)

そんな予感がするのだ。理由があるわけではないが。

「これ、このポット、美しく仕上がりそうですね」

テーブルに置かれた新作のティーポットに視線をむけ、真雪は笑みをうかべた。

「ああ、白い土の色が映えるようにデコと真雪の絵を描いてみたいから」

素焼きの陶器に描かれたデコと真雪の絵。彼がデザインして絵を描いたあと、電気窯で焼く予定のティーポットとティーカップのセットは、美しく繊細な形とみずみずしいデザインになっていた。

それから何となく土のあたたかさも感じる。

きっとこれが彼の本質なのだと思った。

「あとは、デコと真雪のカップを揃いで作る。ああ、あとアニーさんの絵も」

「じゃあ、ギルバートさまも入れてください」

「俺も?」

「ええ、みんなのが欲しいんです」

真雪の微笑につられたようにギルバートがほほえむ。

「それはいいな」

「芸術家……本格的に目指されたらいいのに」

「いや、実力が足りない」

「こんなに綺麗なのに？」

ここにはたまに持ちこんでくれる芸術家がいるのでいろんな人たちが絵をつけた花瓶やティーカップ、ポットなどもならべられている。

けれどギルバートが描いた絵がとても耀いて見えた。どの角度から見ても美しく優しい表情をした絵に見え、しかもやわらかな雰囲気が漂っているのだ。

最初のうち、ギルバートは絵だけを描いていたが、最近は自分で粘土を使って形も整え、絵と陶器の形を一つのセットとして作りあげている。

「これでハーブティーを飲んだらとてもおいしいでしょうね」

吸いよせられ、くるりと手のひらに包みこみたくなるようなフォルムをしている。唇を近づけるところがやわらかな稜線《りょうせん》を描いているので、お茶を飲むとき、甘いキスをしているような優しい陶器の感触を味わえるだろう。

とても初心者が作ったものとは思えない、熟練された職人の作品のように感じ、ふと以前にギルバートが口にしていたことを思い出した。

陶器の質感、描かれた絵、それから形、指で弾《はじ》いたときの音。ここにハーブティーを入れれば、五感のすべてを満たされる。計算して作っているのか、それとも無意識なのか。

ただこうした作品作りを通して彼のことをさらに知るにつれ、本当に美しいものが好きなのだと改めて実感する。いや、美しいだけでなく、とても優しい。精神をおだやかにする世界を彼はひたすら渇望している。

『きみもデコも、窓から見えるエストニアの風景も、ここのメニューも内装も、お茶の香りも……すべてが無条件に美しく、愛しく、そして優しい。そういう世界に触れていると、心も身体も浄化されるような気がしてとても心地いいいんだ』

初めに聞いたとき、なぜギルバートがそのようなものを求めているのかわからない部分もあった。すでに十分手に入れているように見えたからだ。

けれど強引な父親との確執から逃れたがっている様子や、貴族社会の因習を虚しいと口にしている感じから、彼がどうして無条件に美しく優しいものを求めるのか、以前よりは理解できるようになった気がした。

(彼がぼくを愛してくれるのもそうだ。きっと居心地がいいのだろう。なにも気にせず、ゆったりと過ごせる相手として)

それなら自分はそういう存在であり続けたい。少しでも優しさや癒《いや》しを共有できる相手として。

「あ……ギルバートさま……毛先が少し、赤くなっていますよ」

絹糸のような毛先に指を伸ばすと、ギルバートがふりむく。

「ああ、色がついたのか」

前髪のすきまからのぞいた翠玉《すいぎょく》色の美しい双眸《そうぼう》。心臓がとくんと高鳴る。

発情したときの感覚とは少し違うような、それでいて甘美な感覚に恥ずかしくなって顔をそむけたが、なおも頬《ほお》に眼差しを感じて、息が詰まった。

「……いい?」

きゅっと指先を摑まれ、真雪は息を詰めた。

「いいって？」

「ほお、花がついてる。そこにキスしていい？」

「あ……えっ……ええ」

ギルバートは真雪の肩に手をかけ、そっと唇を近づけてきた。触れるか触れないかで唇を止め、真雪の頰についていた小さな花びらをそっと唇でとってくれた。

「……っ」

ほおに触れた優しい感触に身体がピクッと反応する。そのとき、ふいに耳元で囁かれた言葉に真雪は息を止めた。

「どうして……突然変異なんだろうな……真雪は」

ひとりごとに似た切なげなその言葉が胸に痛かった。

「長い間、会いたくて会いたくて、ようやく俺のものにできるときがきたのに……どうして」

「え……長い間――――？」

意味がわからず見あげると、ギルバートが目を細める。

「子供を作って正式な後継者にして、真雪を家族にしたかったのに。それなら、エストニアに住んでもいいという条件ですべて整えてきた」

「どういうことですか？」

突然の言葉に真雪は小首をかしげた。

「覚えていないんだね……俺のこと」

「あなたのことって？」

いつ？　もし会っていたのなら、覚えていると思うのだが。

「デコ……子猫のときはもっと痩せて、目だけがくりっと大きかったな」

「え……」

デコの子猫のとき。それを知っているのだとしたら……まさかまさか。

「きみはまだ五歳くらいだったからな」

「え、ええ」

そのころは、まだ両親もいた。まだ真雪はベータだった。まさかこのひとは、クリスマスマーケットで出会った男の子？　デコをくれたひと？

鼓動がどくどくと音を立てて昂《たかぶ》り、膝がガクガクと揺れる。

「……あのとき、俺のせいで、きみはオメガになったんだ」

「え……」

「俺がきみを好きになったから」

「……っ」

「あまりに可愛くて、好きになっていた」

ふわふわと雪の降るクリスマスマーケット。猫を抱いている寒そうな男の子がいて、みゃあみゃあと鳴く子猫の声が聞こえてきて、真雪は声をかけたのだ。

その男の子は帰る場所がないと言って、真雪は猫と彼を家に連れて帰って……それからクリスマスを一緒に祝って、クリスマスプレゼントをあげて……あまりよく覚えていないのだが。

「あれは……あなただったのですか」

「ああ。そして、童話を教えてくれたのはきみだよ。あのとき、きみが俺にくれたのが『雪の精と猫とルウミの物語』だ。それを俺がきみに読んで聞かせて……」

「そう……だったのですか」

目頭が熱くなり、胸が苦しくなってきた。

トクトク……という鼓動を少し遅れて追いかけるように、あとからあとからいろんな感情が湧いてきた。嬉しさ、懐かしさ、喜び、驚き、申しわけなさ、そしてなによりも愛しさがこみあげて胸がいっぱいになる。

「どうして……最初に……言ってくれなかったのですか……ぼく……なにも知らなくて……」

会ったら言いたいことがあったのに、謝りたかったのに……と嗚咽《おえつ》で言葉が出てこない。

「あのとき、俺のせいでオメガになったんだよね、この前、アニーさんから聞いたよ」

「祖母から？　もしかして断崖でですか？」

祖母がひどいことを言ったと泣いていたのはそのことなのだろうか。

「ああ。ずっとわからなかったんだ、どうして子供のころ、きみのお父さんに怒られたのか」

「ギルバートさま……」

「お父さんから、息子に手を出したと誤解され、二度と来るなと言われて……わけがわからなかった。でも……それは……俺のせいできみがオメガになってしまったから……勘違いされて」

「父が怒鳴ったというの、あとで知りました。そのこと……ずっと謝りたくて」

「神にかけて誓う、俺は……きみのお父さんが誤解したようなことはなにもしていないよ」

「大丈夫ですよ、わかってます」

真雪はほほえみ、ギルバートのほおに手を添えた。

昔はまだ今ほど研究が進んでいなくて、アルファから性的ないたずらをされたベータの少年の一部が突然変異のオメガになるという仮説が信じられていた。

そうではなく、遺伝子的な問題で、性的ないたずらをしなくても、アルファがそばにいることで刺激されてオメガ化するベータがいるだけのことだったのだが。

「結局、同じだ。俺のせいだったなんて。当時、十歳くらいだったんだが、俺はアルファ中心の社会にいて、ベータもオメガも自分とは違う性の持ち主というくらいの認識しかなかった。アニーさんに言われるまで本当に知らなかったんだ。俺のせいできみが突然変異のオメガになったなんて」

「あなたのせいではありません。不可抗力です」

「いや、俺のせいだ。アニーさんからこの前、その事実を聞いたとき、俺は何ということをきみにしたのかと思って。再会する前から、きみのことは調べて……オメガだというのはわかっていたが、まさか……元はベータだったなんて……俺は何というとりかえしのつかないことを。それなのにきみを自分のものにしたりして……事実を知らないまま、きみを抱いた」

ああ、これは彼の懺悔《ざんげ》なのだ。そのことに気づいた。

今にも涙を流しそうな、苦しげなギルバートのほおに手を伸ばし、真雪はほほえみかけた。

「そんなことないです、あのとき、どうなるかなんて誰にもわからなかったことです。むしろぼくはデコを連れてきてくれたのがあなたでよかったです。あなたとずっと前から知りあっていたことが嬉しいです、運命のように思えて。たとえ形だけでもつがいになれて、あなたと結ばれてどんなにぼくが幸せかわかりますか？」

「だから、きみが二十歳になるまでの時間を大切に過ごしたい。そう思ってここにもどってきたんだ。迷惑じゃないだろうか」

「まさか……ぼくは幸せですよ」

「いいのか、ずっと一緒にいても」

「もちろんです、ぼくはあなたとこうしていたいです」

どうか昔のことで苦しまないで。どうか何の罪の意識も持たないで。どうかぼくと今この一瞬の幸せだけを共有して。それだけでいいから。

「ぼくには……過去も未来もどうでもいいんです。今が大切です、今、ぼくがあなたを愛していて、あなたはぼくを愛してくれていて……それがとても尊く感じられて……だからそれだけでいいじゃないですか」

真雪は彼の肩に手を伸ばして、唇で唇をふさいだ。

いつしか夕陽のさす窓辺で時を忘れたようにくちづけをくりかえしていた。

テーブルには彼の作った白いティーポットとティーカップのセット。作りたてのシナモンロールとラズベリーのタルト。それからハーブティーの優しい香り。

きらきらときらめく夕陽の向こうに、古い中世の風情を残したタリンの街が広がっている。

赤い屋根の塔。大きな玉ねぎ型のドームを持ったアレクサンドル・ネフスキー聖堂の屋根を夕陽がオレンジ色に染めている。遠くから鳴り響いている教会の鐘の音が耳に心地いい。

「これから先もずっとここで暮らしていく。きみのそばで」

目を細め、切なげにギルバートが呟く。

「きみだけだ、人生のなかで本気で欲しいと思ったのは……。あとはすべて生まれながらに与えられたものばかり」

その言葉の真の重さは真雪にはわからなかった。けれど彼の象徴的な言葉の奥に、なにかギルバートが大きなものを背負っているのだけはわかった。

「きみは……俺を救ってくれた」

「いえ、あなたがぼくを救ってくれたんです。秘密の花園の物語のように」

「俺もだ、きみといると生きている実感が湧くんだ」

祈りにも似た切なげなまなざしに胸が苦しくなり、真雪はその綺麗な髪に指を絡ませ、レースを編むときのように指先に絡めていった。

「抱いていいか？」

前髪の隙間《すきま》から自分を見下ろす艶やかでなやましげな眸に、真雪はうなずいていた。

「ええ」

今日は微熱があって身体がだるかったが、風邪という感じではないので大丈夫だろう。

「あ……怪我は？」

「もうとっくに平気なんだ。ただきみにきちんと告白して、赦《ゆる》されるまでは触れないと決めていて」

「だから工房で寝泊まりしていたのですか。なら、今夜から……ぼくの寝室にきてください」

よかった。怪我はもう心配ないのだと思うとホッと力が抜け、どうしようもないほど彼と触れあっていたい衝動が湧いてきた。

「この秘密の花園から出て？」

ギルバートは夕陽の影になった中庭を見まわした。薔薇色の夕陽が少しずつ紫へと変化していく美しい空のグラデーション。東側の教会の塔の上には月が見え、ギルバートの金髪のように神々しくきらめいている気がした。

「ええ、秘密の花園の外に出るんです」

真雪の言葉に、ギルバートはふっと目を細めて微笑した。

月の光の青白さもあいまってか、その笑みは、あまりにも透明で、美しすぎて、真雪は我を忘れたように見つめた。

幸せ——という感覚を通りこし、魂まで浄化されたような、みずみずしさを漂わせた笑み。救われたとさっき彼が言った言葉を思いだした。

「これからはぼくの部屋を二人の部屋にしましょう。さあ」

笑顔で言った真雪の肩を抱き、ギルバートは工房とは反対側の寝室に足を進めた。

「ここが二人の部屋になるのか、最高だな」

中央にあるベッドの前でもう一度キスをしようとしたそのときだった。

「……あれは」

カーテンの隙間、窓の向こうに人影を発見して真雪は息を止めた。寝室の窓はカフェの前の通りに面している。裏の工房側は坂道になっているが、こちらは普通の道になっているので、外から中をのぞくことも可能だ。

「ギルバートさま、そこに隠れて」

衝立《ついたて》を置き、真雪はカーテンを開けた。すると近くの商店で働いている男性数人の姿があった。

「やっぱりここにいたぞ。伯爵家の坊ちゃんだ。すぐに警察に連絡しろ」

「ちょっと待ってください、警察って」

真雪は驚いて窓から身を乗り出した。

「今、そこにいた金髪の男、ネットの人探しに出ていたんだよ。見つけたら謝礼が出る」

「おいっ、早く連絡しよう」

「待って、ちょっと待ってください」

真雪は驚いて窓から手を伸ばした。しかし彼らのいる場所には届かない。仕方なく一旦《いったん》カフェに入って、玄関から外に出る。石畳の上で壁にもたれかかり、二人が電話をかけていた。

「やめてくださいっ、どうか。困ります」

「バカを言うな。あの坊ちゃんを発見したら、十万ユーロ出すという広告が出ているんだぞ。連絡しない手はないだろう。あんたにも分け前をやるから」

十万ユーロ――――！　郊外なら一軒家が買える。本当にそんな大金がかけられていたなんて。

（ロンドンに戻ったら二度と会えなくなる。そう言っていたけど……そうか、そこまで必死にさがされていたのか……ギルバートさまは）

どうしてそこまでの懸賞金がかけられているのか。

伯爵家に見つかったら、本当にもう自分とギルバートは会えなくなるのだということだけは容易に想像できた。

そのことに呆然としている真雪の後ろからギルバートが現れる。

「わかった……その倍の金額を俺が払う。だから俺の居場所を漏らさないでくれ」

「倍だって？　一体、どうやって」

男たちが驚いた声をあげる。

「ロンドンで貸し出している俺の美術品を売ればいい。オークション会社に連絡する。少し時間がかかるが」

「嘘だろ、その間に逃げる気だろ。そうはいかないからな」

すると彼のスマートフォンに着信が入った。「ああ、確かめた。ここにいる」と男が答える。おそらく警察から確認の連絡だろう。

「待ってくれ、やめろ」

ギルバートの手が伸び、彼を止めようとするが、男が乱暴にそれを払う。とっさに真雪も彼らの動きを止めようとした。

「お願い、やめて。ギルバートさまに乱暴するのもやめて」

「うるさいっ、おまえはあっちに行ってろ」

男が真雪の肩を押したそのとき、足がもつれて倒れこみそうになった。その瞬間、キキーっというバイクのブレーキの音があたりに響いた。

「あっ！」

路地を曲がってきたバイクが真雪にぶつかりそうになり、「危ないっ」とギルバートが腕を伸ばして抱きかかえようとする。

「……っ！」

すんでのところでバイクにぶつからずに済んだが、反動で真雪を抱えたまま、ギルバートが地面へと倒れこむ。そのとき、「う……っ」と彼が呻《うめ》くのが聞こえた。

「大丈夫ですか、ギルバートさま」

「く……大丈夫だ、きみこそ、怪我はないか」

真雪の肩を抱いたまま半身を起こし、ギルバートが顔をのぞき込んでくる。心配そうな表情に安心させようと真雪は笑顔を浮かべた。

「ぼくは大丈夫です、ありがとうございます。それよりギルバートさま、男たちが」

ハッとしてギルバートがあたりを見まわすと、路地の向こうに走っていく男二人の後ろ姿が見えた。

「……っ……待て」

立ちあがりかけたものの、ふいにめまいがしたかのように足元をぐらつかせ、ギルバートが壁に手をつく。ひどく顔色が悪い。まさか、今、どこか打ったのでは………。

「ギルバートさまっ！」

「う……っ」

ずるっと崩れ落ちるようにギルバートが地面に倒れこみそうになる。真雪は必死に腕を伸ばして彼の身体を支えようとしたが、そのまま引力に負けたように二人して膝から落ちていく。

「しっかりして、ギルバートさま」

呼びかけても返事はない。力が抜けたように意識を失ったギルバートが真雪にもたれかかっているだけ。血の気のない顔、閉ざされたまぶた。

ふいに海に浮かんでいたときのギルバートの姿が脳内によみがえってきた。あのときと同じような表情に、絶望的な、暗澹《あんたん》たる不安が真雪の胸に広がっていく。

「しっかりして、目を覚まして、ギルバートさま、ギルバートさま――――！」

どれだけ呼びかけても、ギルバートは目を覚まさない。それでもまだ息はしている。脈も打っている。だがとても弱い。一刻も早く救急車を呼ばないとだめだ。それだけはわかった。

このままでは大変なことになる。早く、早く呼ばないと――と思ったそのとき、遠くからパトカーのサイレンが聞こえてきた。

「あれは……っ」

けたたましいサイレンの音がどんどんこちらに近づき、ヘッドライトの明かりが見えたかと思うと、数台の車が真雪たちのいる路地へと入ってきた。

彼を迎えにきた警察の車の音だ。

助かった――――。

もう会えなくなる。しかしそれでもいい、と思った。それよりも真雪には彼らの存在が神にも等しく感じられた。これで助かる、彼らがきたら、ギルバートさまを病院へ運んでもらえる。

助けてもらえる。そう、たとえこれで会えなくなったとしても。

4　そして四年後

二人で過ごしたのは、七月から八月——夏の間だけの短い時間だった。

パトカーがきたとき、二人の時間がもう終わることはわかっていた。それでもギルバートを助けてもらえることが嬉しかった。

そして——あれから四年が経《た》とうとしていた。

「デコ、今日は天気がいいね、もう夏が終わろうとしているよ」

高台に建った教会の墓地に向かった真雪は、昨年末に亡くなった祖母の墓の前に花を供えたあと、デコを抱きながら薔薇色に染まった西の空を見つめた。

夏の終わりの海風がバルト海から吹きあがってきて真雪の髪を揺らす。

（この季節になると思い出す……ギルバートさまと一緒に過ごした短い夏の時間を……）

ギルバートが『秘密の花園』と名づけた真雪の家の中庭はあのときのまま手をつけていない。彼が暮らしていた工房もそのままだ。

しかしカフェの内装と廊下のあたりは少しだけ変えた。

ギルバートが支援してくれたおかげで手術に成功した祖母が自宅に帰ってくることになったので、

少しでも彼女が動きやすいようにと廊下に手すりをつけ、店内やそこからつながる彼女の寝室をバリアフリーにしたのだ。

（おばあちゃんは、昨年末、クリスマス前に、心臓を悪くして亡くなってしまった）

それでも歩けるようになってから二年ほど、真雪とデコと自宅でゆったりと暮らせて、とても幸せそうだったのでよかった。近場に旅行に行ったり、おいしいものを食べたり……と。

そして祖母が亡くなったあとは、一人でカフェを営んで生活している。

「でも前みたいに……淋しいとは思わないんだ、ぼくは……幸せものだからね」

ギルバートはいないけれど、『生』が続いていること、未来があることに幸せを感じていた。

「ギルバートさまのおかげだ……」

デコをぎゅっと抱きしめると、彼がゴロゴロと喉を鳴らして真雪の首筋にほおをすり寄せてきた。

夕日を浴びたそんな真雪とデコの影が祖母の墓の前に細長く伸びている。

あれからちょうど四年――真雪はすでに二十二歳になっていた。

シルエットだけでも違いがわかるが、あのときよりも真雪の背は伸び、大人っぽい身体つきになっている。

突然変異のオメガは二十歳まで生きられるか生きられないか――といわれていたが、ギルバートのおかげで真雪は知らないうちに、本当のオメガになっていたのだ。

不完全な突然変異のオメガではなく――なりたくてなりたくて仕方のなかった『本物のオメガ』という性に――。

本当のオメガになった――そのことに気づいたのは、ギルバートが運ばれた病院でのことだった。

四年前、真雪はギルバートのあとを追って病院へむかった。

もちろん会うことはできなかったが、そのとき、オメガ専門病棟のエドモンズ医師に会い、彼に呼び止められたのだ。

◇◆◇

『すみません、この前の治験のお話、断って』

『いや、そのことはいい。それより大事な話があるから、私の部屋にきて欲しい』

彼は真雪とギルバートの関係を知っていたらしい。ギルバートの容態を極秘で教えてくれた。

『このままだとギルバートは……脳に障害が出てしまう。ここでは限界がある。すぐにドイツの大学病院に移送する手続きを取っているところだ』

エドモンズは、伯爵家とつながりがある。だから部外者の医師には知り得ないようなことも詳しく教えてくれた。

『一刻も早く手術をしなければならなかったのに、彼は一カ月以上も行方不明になっていたからね。どれだけ脳の状態が悪化しているか心配だ』

エドモンズの話では、ギルバートは事故のとき、脳に大きな血栓ができてしまったため、体力回復後、ベルリンかロンドンの大学病院に移動し、大がかりな除去手術を受けることになっていた。だが、脳に障害が残るリスクが高かったため、ギルバートは手術を受けないと言いだした。

『どうしてもやらなければならないことがあるからと、ギルバートは症状の進行を抑える大量の薬を持って黙って病院をぬけだしたんだよ』

『どうして……そんなことを』

真雪は震える声で尋ねた。

『あと二年だけでも手術を遅らせたいと言っていたんだよ。意味はわかるね?』

二年……? まさかまさか、それは……。

その想いの強さはそれ以上の説明がなくても痛いほどわかった。

祈るような表情で陶器に絵を描いていた。二人の世界を美しくあたたかくそして優しく育もうと懸命になってくれていた。そしてなによりとても愛しそうな眼差しで包みこんでくれていた。あの一瞬一瞬を思い出しただけで胸が詰まって声にならなかった。

『愛する相手の命があと二年あるかどうか。それなのに障害が出たら困る、しばらく投薬治療をして様子をみたいと、製薬会社につながりのある医師に相談したようだ。下手をすれば命に関わる、ダメだと言われても、彼の決意は固かったようで』

『それで……それで……彼は……症状を遅らせる薬を?』

『そうだ。だが……彼の父親がそれを知り、転院手続きをとったので――』

『だから……病院をぬけだしたのですね』

どっと涙があふれてくる。嗚咽が止まらない。愛ゆえの行為の深さ。なにも知らなかった。

『……ギルバートさま……ギルバートさまは……助かるのですか?』

『命の危険もあるが……それ以上に記憶障害、つまり記憶喪失になる可能性が高い」

『きみのことも忘れてしまうかもしれない。そうなりたくないから、あの男は、命の危険を覚悟して病院をぬけだしたのだろうけどね』

『……記憶喪失……っ』

彼が自分を忘れてしまうかもしれない。あの幸せな時間も、そして……つがいの誓いも。

二人で過ごした幸せな時間、彼の切なげな言葉の数々……。驚き、哀しみ、絶望……と次々とこみあげてくる感情があったが、真雪は必死に自分に言い聞かせた。それでも彼が助かるなら、そう、一番大切なのは彼の命。彼の命さえあるならば……と。

『……ギルバートさまに……会うことはできますか？　いえ、遠くからでもお姿を見ることは』

必死の真雪の願いにエドモンズは『規則違反だが、五分だけなら』と人気のない時間帯にそっと裏口から彼の病室に案内してくれた。

バイクをよけたときに再びぶつけたらしく頭に包帯が巻かれ、腕には点滴、それに呼吸器をつけていた、痛々しいギルバートを見て涙があふれてきたが、真雪に気づき、そっと手を伸ばしてくる彼の手をにぎりしめると、真雪は精一杯の笑顔を作ろうとした。

『ギルバートさま』

この手のぬくもり。彼は生きている。それだけでいい。もしかするとこうして会うのは最後になるかもしれない。ふたりの時間も、つがいの誓いも、愛しあったことも、ギルバートはなにかも忘れてしまうかもしれない。

けれど、それでもあの時間は消えない。思い出もふたりの間の深い愛があった事実も誰も奪うこと

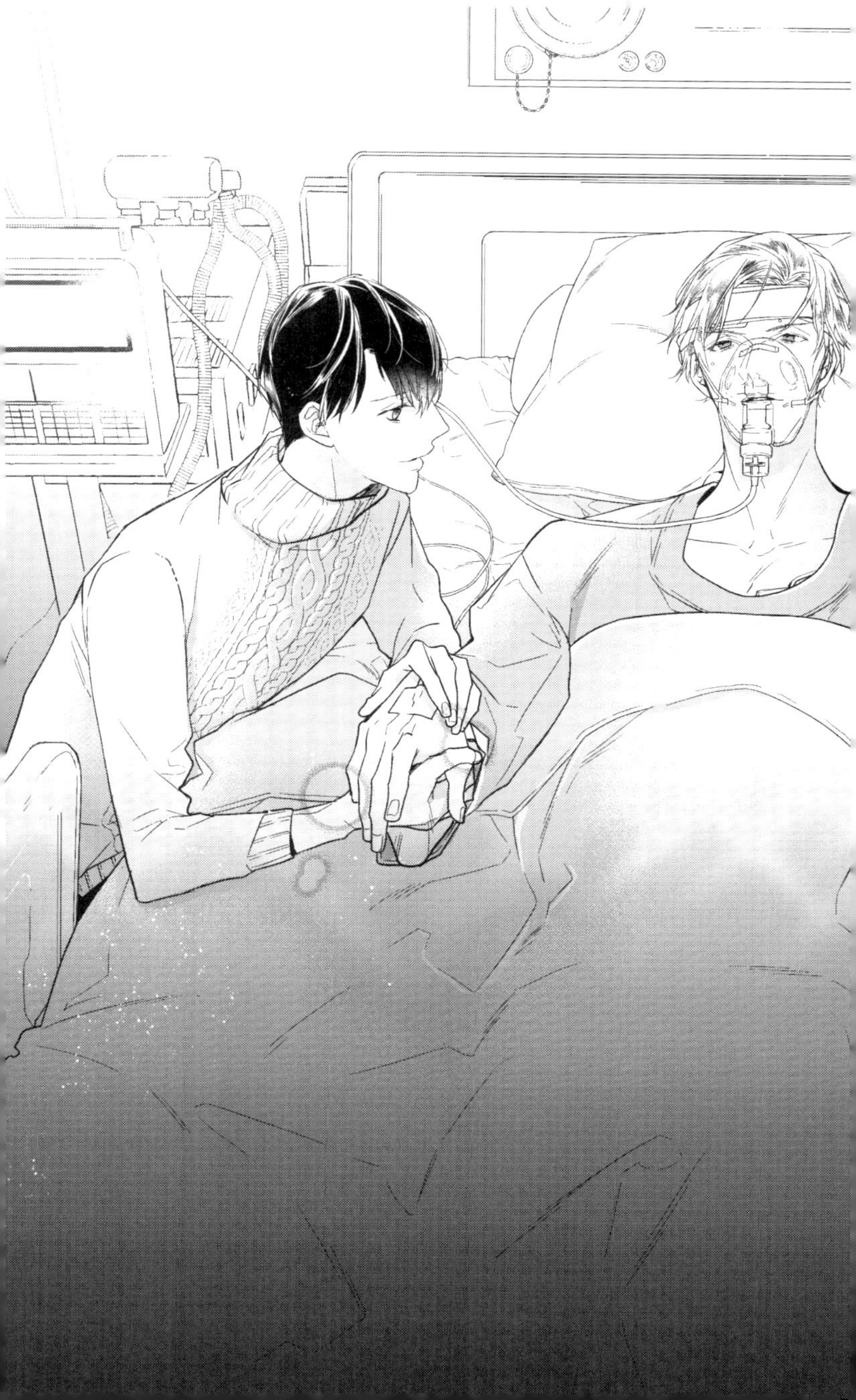

はできない。なにより真雪のなかから消えることはない。だから。

『ギルバートさま……あなたを愛しています。ありがとうございます、つがいにしてれて、ぼくは本当に幸せです。もし、もしもあなたともう会えなかったとしても、あなたからの愛を支えに、あと二年、最後までちゃんと生き抜きます。約束します。だから……』

魂に訴えかけるように、細胞に語りかけるように祈りをこめて、愛と感謝を伝える。それだけはしなければ。永遠に会えなくなっても、愛があった事実は失われないと信じて。

『だから……だから……どうかご無事で。もしまたお会いできたら、一緒に幸せになりましょう。そうだ、雪の精の絵本を一緒に作りましょう。ギルバートさまが絵を描くんです。ぼくが物語をつづって……。それから毎年ふたりの誕生日とつがいになった日と、それからクリスマスにケーキを作ってお祝いするんです。ぼく、シナモンロールやタルト以外にもいろいろと作れて……』

なにを話せばいいのか。なにを伝えればいいのか。どうすれば彼の記憶を守ることができるのか。どうすることが最善なのかわからないまま、ただ必死に彼に語りかけることしかできない。それでも真雪の言葉に反応するように彼の指に少しずつ力が加わっていったのが嬉しかった。それが救いに思えた。しかし無情にも時間がきてしまった。

『早く。もうこれ以上は無理だ。ここにいることがわかったら大変だ。すぐに出て』

エドモンズに肩をつかまれ、真雪が息を震わせると、ギルバートの息も震えた……ような気がした。

『ギルバートさま、どうかご無事で。愛と祈りを送り続けます。一日も早い回復を。そしてもう一度、ぼくを……愛して……』

愛してください、ぼくにあなたを愛させてください……と想いをこめて最後に彼の手にキスをする。

そのまま真雪はエドモンズに急かされて病室をあとにした。会えただけでもよかった、どこまで想いが伝えられたかはわからないけれど。

病室から出て一般病棟の廊下までもどると、張りつめていた気持ちがゆるんだのか、身体の力が抜けたようになった。軽いめまいを感じ、真雪は壁にもたれかかりながら礼を言った。

『ありがとうございます、規則違反なのに、彼に会わせていただけて感謝します』

真雪から視線をずらし、エドモンズがけわしい顔で言う。

『愛する相手と永遠に会えないのは辛いだろうと思ってね。だが、これ以上は無理だ。彼の父親は今回のことで立腹し、きみを告訴したんだよ。誘拐、強要罪、監禁罪……明日にでも警察がきみのところにいくよ。そうなれば数年以上の収監を言い渡される可能性が高い』

『え……っ』

『あちらのほうが外国人とはいえ社会的に地位が高い。無理にでも有罪を確定させかねない』

『待ってください……ぼくは数年以上も刑務所にいることなんて……』

会えないだけではなく、そんなことになったら死ぬまで刑務所に……。一気に奈落《ならく》の底に落とされたように感じたときだった。

『——っ！』

ふいに激しいめまいがした。続いて胃がムカムカして、激しい嘔吐《おうと》感が襲ってきた。

『う……ぐ……っ』

手のひらを口にあて嘔吐感に耐えようとする。だが身体全体が痙攣したようになり、真雪はそのまま廊下に飛びだし、洗面所へと駆けこんだ。

『……ぐふ……っ』

ものすごい吐き気がする。それなのに吐きそうで吐けない。

胃から喉のあたりにかけて気持ちが悪い。水道の蛇口をひねり、冷たい水を手のひらですくって口の中をゆすいだ。それでも治らない。

真雪は床に崩れ落ちそうになった。エドモンズが腕を伸ばしてそれを支える。

『大丈夫か、立て続けにショックなことが起きたせいか』

『わかりません……ただ急に吐き気が。今日は少しだるかったのですが……微熱もあって』

動こうとしても身体に力が入らない。どうしたのだろう。もともとそんなに健康ではないが、風邪でもないのにここまで具合が悪くなったことはない。

『こっちへ。少し休みなさい』

エドモンズは真雪を抱きあげ、診察室の寝台に運んだ。冷たい水を渡され、口に含むと少し吐き気が治まってきた。

『医師としての質問だ。正しく答えてくれ。真雪くん、最近、誰かと性交渉を持ったか?』

『え……性交渉って……』

真雪は驚いて起きあがろうとしたが、エドモンズがそれを止める。

『さっきから気になっていたが、きみの首筋の傷……アルファがつけたものだよね?』

真雪はハッとして手のひらを首元に移動させた。

『え……ええ』

『そのアルファとの性交渉の有無を尋ねているんだ。大事なことだ、答えなさい』

『……はい、一度だけ……』

『相手は……ギルバートだね？　つがいの誓いをして……性行為をしたんだね』

真雪はうつむいて小さくうなずいた。

『発情期は？』

『……その翌朝、それらしき感じがしましたが……』

『それらしきというのは？』

『抑制剤を飲んだらすぐに治って。でもそのあとギルバートさまが崖から落ちて』

『あの日か。なるほど、症状と日程的にも合うな。調べよう……妊娠の可能性がある』

『えっ……に……妊娠？　ぼくが……ですか？』

『つがいの誓い、性交渉……真性のオメガに肉体が変化した可能性がある。そうなったときは、この先、一カ月に一度、ギルバートにだけ発情してしまうだろう。彼との誓いが証明されれば、同意のもとでのことだったと告訴をとり下げさせることができる。それに二十歳を過ぎても命は続く』

『でも……ギルバートさまとはずっと一緒にいましたが、発情したことは一度もなくて』

『妊娠していたら……発情はしないんだよ』

『……っ』

『だからきっと気づかなかったのだろう』

では、ギルバートの子供がここに？　真雪は無意識のうちに腹部に手をあてていた。ここに命を宿しているなんて想像もつかないけれど。

『では……彼の子がいるかもしれないんですね……』

涙があふれそうになる。

嬉しくて嬉しくて。たとえギルバートに忘れられたとしても、ここに彼のくれた命がいるのなら、大切に育てていかなければ。

『ああ、今後、その傷をもう一度、つまり再び、ギルバートに噛まれて契約を解除されないかぎり、彼が記憶を失ったとしてもつがいであることに変わりはないし、彼の子以外は孕めない。永遠に彼との契約は有効だ。しかしアルファはその相手以外とも子を成すことはできる』

『ええ、それは知っています』

ギルバートにはアルファの女性の婚約者がいる。王侯貴族やセレブ、政治家、実業家などに属するアルファは、自身と同等の身分のアルファの女性と結婚しながらも、オメガと一時的につがいの誓いをして愛人にし、子を作り、養子にして育てるケースが増えている。

『告訴をとりさげてもらわなければ。ここに子供がいるのなら、ぼくは刑務所に入るわけにはいきません。なにがあっても守って大切に育てていかなければ。そうだ、彼にも伝えて……』

身体の奥底から強い力が湧いてくるのがわかる。これまでとは明らかに違う。まだ調べていないけれど、自分の体内にギルバートの子供がいるというのが確信できた。

『真雪くん、大丈夫、きみが妊娠しているとなったら、伯爵は告訴をとりさげると思うよ。それどころか大事な後継者が無事に誕生するよう、やれるかぎりの支援をしてくれるだろう。それがきみの役目だからね。ただし、きみの仕事はそこまでだ』

『そこまで？　どういうことですか？』

『きみの一存で、子の未来は、決められないいんだよ。決めるのはカーライル伯爵家だ』

カーライル伯爵？　それがギルバートの名字なのか。

『あの……どういうことですか？』

『きみは、オメガの子に関する国際法や条約について知らないのか？』

『え、ええ』

自分に子供ができるなんて考えていなかったから。国際法や条約を調べたことはない。

『オメガの子は、アルファにしか親権がない。アルファが放棄したときだけオメガに親権が移る』

では、ギルバートが放棄をしない限りこの子の親権は自分にはないというのか？

『オメガが我が子を利用して、王位を乱そうとした事件があって以来……。所詮《しょせん》、世の中のヒエラルキーは、アルファ中心に成り立っている。アルファの一存でどうとでもなる社会なんだ』

『でも……ギルバートさまは……記憶を……なくすかも。その場合は……』

『その件についても、ギルバートの父、カーライル伯爵と話しあわなければならない。だが、その前に、検査をしよう。本当にきみが妊娠しているのかどうか』


『――検査の結果、妊娠しているのがわかった』

翌日、エドモンズからそう言われた。病室のベッドに横になり、検査の結果を聞いていると、ギルバートによく似た四十代くらいの紳士が現れ、真雪に話しかけてきた。

『ギルバートの父のカーライルだ。きみへの告訴はとりさげた』

綺麗に整えられた金髪、いかにも英国紳士といったブランド物のスーツ、上等そうなネクタイや磨き抜かれた靴。ギルバートよりも少し険しい顔つきをしている。

『……初めまして。真雪です』

ベッドで半身を起こし、真雪はおずおずと会釈した。

『ギルバートは、昨夜、ベルリンの病院に転院させた。今、手術をしているところだ。私も付き添いたいところだが、エドモンズから連絡を受け、子供のことを確認したかったのでここに残った』

『は、はい』

『きみにその子の親権はない。出産後、カーライル家で引きとる。出産までの生活、入院費はすべて伯爵家で保証する。出産手当も払おう』

『……待ってください、そんなこと、急に言われても』

思わずベッドから降りようとした真雪の動きをエドモンズがとっさに止める。

『国際法で決まっていることだ。いいね』

法で決まっているなんて。こんな理不尽なことがあるなんて。愛する相手と愛しあってできた子供なのに。その子を産んでも育てられないなんて。

『ぼくは……この子……自分で……育てたいです……ダメなんですか？』

真雪はベッドに座ったまま、手のひらを握りしめ、震えながら大粒の涙を流した。

さすがに伯爵も驚いたのか、真雪の肩に手をかけてなだめるように言う。

『では、こうしよう、ギルバートの記憶がそのままで、きみと子育てをしたいというなら、それを認めよう』

『でもギルバートさまがもし記憶を失っていたら』

真雪は涙に濡れた目で伯爵を見あげた。

『そのときは……諦めなさい』

『……っ』

『貧しいオメガがカーライル家の大切な後継者を育てるなんてありえない。豊かな暮らし、社会的地位、それに、最高の教育を与えるなんてきみにはできないだろう？』

◆◇◆

「……っ」

キッチン中に漂うシナモンロールの甘い香りに気づき、目を覚ました。

焼きあがるのを待っている間にうたた寝してしまったらしい。今日もたくさんのお客さんからの注文が入っている。早く用意しないと。

いつものようにテレビをつけ、英国放送を流しながら店の支度を始める。テレビはあまり見ないのだが、唯一、英国のニュースだけは見るようにしていた。

『……今日は、昨年、ご成婚されたばかりの王子の……』

今朝は王室の大きな恒例行事のニュースが紹介されていた。晩餐会《ばんさんかい》や社交界のニュースはできる限り見るようにしている。ほんの一瞬、ギルバートが映ることがあるからだ。その映像を見ていると、自分とは住む世界がまるで違うひとだったというのがわかる。

四年前のあの言葉。ギルバートの父親から言われたときは本当にショックだった。

『豊かな暮らし、社会的地位、それに、最高の教育を与えるなんてきみにはできないだろう？』

今もはっきりと耳に残っている。

何の反論もできず、ただただ心臓を鋭い刃物でえぐられたような痛みを感じ、己の無力さ、社会的な弱さ、貧しさを痛いほど実感したのだけは覚えていた。

（今でもあの言葉を思い出しただけで涙が出てきそうになる）

親権が認められていないので自分では育てたくても育てられなかったが、親権がないという自分にものすごい悔しさを感じたのをおぼえている。

「ルーカス……どうしているだろう」

ギルバートとの間に誕生した男の子は、ルーカスと名づけられた。二カ月後のクリスマスで三歳になる。アルファとして生まれた子は幼少期の成長が早いという。きっとあの子も今では四、五歳くらいの体格になっているに違いない。

（写真では見たことがあるけど……生まれてから……一度も会ったことはない。触れたこともない。生まれた姿すら……見ていない）

オメガが妊娠した場合、女性のように腹部が大きくなることはない。見た目はほとんど変わりないまま、七カ月くらいで帝王切開という形で手術をして子供を取りだす。

なので、子供は十二月のクリスマスごろに誕生した。

ベータの女性なら、三月くらいの出産予定になるが、オメガの場合はそこまで体内で育ててしまうと、母体が危険になる。それもあり、昔も麻酔作用のある薬草を飲ませて手術をしたとか。

ただ出血がひどくて亡くなるオメガが多かったそうだ。

今は医療が発達し、そんなことはなくなったが。そしてその後、子供は三カ月間、保育器で育てられる。

真雪の元に伯爵家の弁護士が現れたのは、手術で子供を出産した翌日のことだった。

『ギルバートさまの手術は成功し、命に別状はありませんでしたが、記憶を失《な》くされていました。今後はどうかもう関わりを持たないでください』

親権がないため、子供はそのまま会うことも許されず、連れて行かれてしまった。

空っぽの身体、空っぽの心。

あとに残されたのは、ぽかんと空っぽになった自分だけだった。

哀しくて淋しくて悔しくて情けなくて、毎日、どうにかなってしまいそうなほど泣きに泣いた。

なにもかもが虚しくてギルバートが作ったティーカップを抱きしめながら胸が潰れそうな思いに耐えた。

食事もできず、どんどん痩せ細っていった。そんな姿を見て、死んでしまうのではないかと祖母が心配し、真雪は彼女の前では泣かないようにした。歯をくいしばるような思いで、考え方を変えることにした。

（そうだ、この命、無駄にしちゃいけない。ギルバートさまが与えてくれた命なんだから）

彼に会わなければ、二十歳で死んでいただろう。子供を作ることもできなかった。

そう、この先の命はギルバートがくれたもの。だから泣くのはやめて、前を向いて自分にできることをしていこう。

カーライル伯爵家は、エストニアにいても名前を聞くほどの大貴族だ。それなら、いつかそこにいる男の子がどのように成長しているのかは真雪にもわかる。

二人が幸せでいてくれることが自分の願いであり、生きる目標だ。

（……ぼくは生きていられるのだから。ぼくには未来があるのだから）

インターネットができるようになろう。それからいろんなことができるようになろう。

もしかすると、いつか会えるときがくるかもしれない。

そのとき、たとえ名乗ることはできなくても、二人に堂々と会えるような自分でいたい。前を向いて、きちんと生きている自分で。

自分のなかでそう決め、それ以来、真雪は雑貨店を経営しながら、ベビーシッターと保育士の資格を取り、近所の託児施設で週に二回だけ、深夜のバイトをすることとした。

自分の子供を抱くことはできなかったけれど、せめてなにか人のためにすることで、それがどこかにいる我が子につながると信じて。

しかし夜、一人で子供の世話をしていると、ふと彼と過ごした時間を思い出して切なさに胸が軋《きし》むことがあった。

もうもどらない時間だ。

とりもどしたいような、思い出だけをずっと育んでいたような、不思議な切ない想い。

彼の思い出は、あのとき、ギルバートが描いたティーポットとカップのセット。

彼が秘密の花園と名づけた中庭を眺めながら、ふたりで工房の中央に座って、日が暮れるまでいろんなものを作った。

あのとき、自分の体内にギルバートの子供がいたなんて考えもしなかった。想像することすらできなかった。もし知っていたら、自分たちはどんな時間を過ごしただろう。

きっともっと幸せだったと思う。未来に誕生する二人の愛の形を夢見て、たくさん幸せな気持ちでいろんな話ができたのにと思うと切ない。

彼の言葉、彼の表情、そして自分の想い、そのすべてが映画のフィルムのように一コマ一コマ真雪の記憶に刻まれている。けれど彼はそれをもう憶えていないらしい。

「残ったのは……あのティーセットだけか」

ギルバートが絵付けしたティーカップとポット。彼の絵柄とは違うけれど、あのあと、一緒に使えるようにと、ケーキ皿に真雪はみんなの顔を漫画風のイラストで描いた。

祖母、デコ、ギルバート、真雪……そして会ったことのない息子。

きっとこんな子に育っているだろう……と、毎年、一枚ずつ彼の誕生日に絵を描いている。

そして誕生日ケーキを作って、そっとデコを抱きながら祝っているのだ。

「デコ、ルーカスは元気かな」

話しかけると、ミャアとだけ返事をする。

ギルバートがしていたようにデコの柔らかな額にそっとキスをすると、彼の喉がグーグーと鳴って、ゴロゴロと音が聞こえてくる。そのときの体温、被毛の柔らかさが好きだ。

「デコ、ギルバートさまもルーカスもいないけど、きみがずっとぼくのそばにいてくれるから幸せだよ。今年も一緒にルーカスの誕生日を祝ってね」

ルーカスが生まれたのはクリスマス。

一歳の誕生日のときは、ギルバートが大好きだった苺シナモンロールとフルーツタルトを用意した。

ふんだんにフルーツを使って、カスタードと苺の間にホワイトチョコレートを流し込んで、囓《かじ》ったらサクサクとした食感がするタルト。

一方のシナモンロールは、苺を小さく切ってレーズンと一緒にペーストにして、ふわふわのパン生地にコーティングしていく。

そのシナモンロールをカフェで出したところ、大評判になり、『エストニアで一番美味しいシナモンロールの店』と話題になって毎日列ができている。

二歳の誕生日は、かつてギルバートと一緒に育てた、あの小さな庭になっているラズベリーのタルトにした。

次は三歳の誕生日。あと二カ月。

そのときは、また苺のシナモンロールとブルーベリータルトを作ってみよう。

目を瞑って、その様子を想像する。

場所は、この小さなカフェ。玉ねぎの形をした教会の屋根が見える小さな木枠の窓。

真雪の編んだテーブルクロスを敷いたテーブルの上には、ギルバートが描いたティーポットとカップのセット。その中央には苺のシナモンロールと、ブルーベリータルト。そこに小さな三本のろうそくが灯《とも》っている。

タルトとシナモンロールのまわりには、みんなの顔が描かれたお皿。

真雪がろうそくに火をつける。

その前に座っているのが、三歳になったルーカス。

デコを胸に抱いている。ルーカスは父親にそっくりの金髪と翠《みどり》の目をした可愛い子供だ。

デコはとても幸せそうな顔で彼に抱かれている。ルーカスが目をキラキラとさせながらブルーベリータルトに立てたろうそくの火を吹き消そうとしている。

ルーカスが見ていないのをいいことに、ギルバートと真雪はそっと彼の背後でキスを交わす。

（ああ、実際にそんな時間が過ごせたら、どれほど幸せだろう）

そしてもし、もしも願いが叶うならいつか三人で、ヘルシンキの石の教会に行ってルーカスの誕生日を祝いたい。

パイプオルガンの音が流れるなか、真雪の焼いたシナモンロールを持ってヘルシンキにいく。石の教会の屋根の上にのぼって、自然の丘のようになったそこで雪を眺めながら三人でそれを食べるのが夢だ。

「ギルバートさま……本当に大好きでしたね、シナモンロール」

焼きあがったばかりの、まだぬくもりの残るシナモンロールはギルバートを思い出させる。ふわふわとしたやわらかな生地、ブラウンシュガーの甘い香りとシナモンの香りが溶けあう。

その甘さも香りも、彼と一緒に過ごした甘狂おしい時間をよみがえらせ、真雪の胸を切なく軋ませる。

ギルバートは手術の後遺症で記憶を失い、その後、メアリーという婚約者と結婚した。そして二人の間の正式な子供としてルーカスが伯爵家の後継者になったことも知らされた。

（ルーカス……お母さんができたんだ。写真で見たけどすごく綺麗な人だった）

英国のセレブを追ったサイトに、二人の盛大な結婚式の写真が載っている。

ルーカスの姿はなかったけれど、変わりなく元気そうなギルバートの姿を確かめることができてとても嬉しかった。

こうして彼らの消息を知ることができるだけでも幸せだなと真雪は思うようになった。

「そう……ぼくには人生があるから」

二十歳までしか生きられないと言われていたのに、ギルバートと結ばれ、ルーカスを授かったことで、普通のオメガになり、二十二歳になった今も生きている。

子供ができることはないと言われていたのに、彼の子供を宿すことができた。

祖母に最後に楽しい時間を持ってもらうことができた。

なにより愛しあうことができた。

ギルバートと会わなければ得られなかった宝物。それを幸せだと思って、これから先の人生を無駄にしないで生きていこうと思っている。

(ギルバートさまと会わなかったら、今の……ぼくのこの時間はなかったのだから)

それでも、やはり中庭からのあまりに美しい夕日を見ていると、ふっと泣けるときもあった。デコを抱き、ショパンを聴きながら、ギルバートの作ったカップにハーブティーを淹《い》れてただ手のひらの中に抱えてぼんやりとしていると、彼がそこにいるような錯覚に囚われて泣けてくる。

だから泣くことを自分に許すことにした。

彼との思い出と戯れるその時間だけ、あふれ出てくる涙を流すだけ流して、淋しい、会いたい、哀しい、という気持ちを素直に認めることにして。

そうしてひとしきり泣いたあと、笑顔になって中庭を後にする。それが真雪の日課のようになっていた。

そうやって自分の人生は過ぎていくのだ、ロンドンにいるギルバートやルーカスとは関わらない遠い場所で——と思っていたが、その数週間後、真雪が驚く事件が起きた。

ギルバートがルーカスとともに、エストニアに引っ越してきたのだ。

5　ルウミ

秋も深まったある日、枯れ葉が舞うなか、エドモンズがカーライル伯爵を連れて真雪のところにやってきた。店を閉め、真雪はやってきた彼らをテーブルに案内すると、ハーブティーを出した。

「私の孫のルウミ……本名はルーカスだが、エストニアの絵本に出てくる雪の精の物語にそっくりだからと、ギルバートは息子のことをルウミと呼んでいるんだが」

ギルバートの好きな絵本だ。

ああいう絵本を描きたいと言っていた童話に出てくる男の子。記憶喪失になっても彼が愛しているものは変わらないのか。そう思うと、胸が熱くなった。

「それで……ルウミのため、真雪くん、輸血を頼めないだろうか？」

カーライル伯爵はいきなり二十万ユーロと記された小切手を真雪に差しだした。

「え……どういうことですか……こんな金額……」

一生かかっても稼げないほどの金額だ。驚く真雪にエドモンズが神妙な顔で伝えた。

「実は……ルウミくんには輸血が必要なんだ。白血病《はっけつびょう》といえばわかってもらえるかな」

「え……っ」

「といっても、世間で言われているものと違って、少し特殊でね。いろんな病気をかかえていて、くわしい話は伯爵家に関わることなのでできないが……とにかく輸血が必要なんだ」

「……彼の容態は」

「寝たきりだ」

「……っ」

「彼は特殊な体質で、アレルギー反応があって、誰の血液も受けつけないんだよ。ギルバートもダメだ。きみ以外」

エドモンズの話によると、ルウミはロンドンの気候があわず、どんどん体調が悪くなり、今ではほとんど寝たきりの生活を送っているらしい。

アルファとして生まれたのもあり、頭脳明晰《ずのうめいせき》で、成長も早く、三歳とは思えないほど頭も切れる。しかし気難しく、ギルバートが結婚したメアリーという女性にはまったく打ち解けずにいるという。

ギルバートは記憶を失う前にメアリーと関係があり、彼女との間にできた子供がルウミだと思っているとか。

「あの……でもぼくの血でも拒否反応は……」

「悪いが、先日の検診のときの血液で調べさせてもらった。きみの場合は大丈夫なんだ」

「それならどうかぼくの血を」

病気のことはショックだったが、それでも自分の血で彼が助かるならこれほど嬉しいことはない。

「ありがとう。ただきみが親だということは黙っておいてくれ。ギルバートにも他人のふりを」

「わかっています。四年前にお約束したことは守ります。ただ一つだけお願いが」

もし、もしも少しでもギルバートと息子のそばに行くことができるなら、したかったことがある。

それを聞き入れてもらえれば——。

「願い？　もっと金が欲しいのか？」

それまで真雪との話をエドモンズに任せていた伯爵だったが、眉をひそめて問いかけてきた。

「いえ、お金なんて必要ないです。このお金はお返しします。その代わりといってはなんですが、ぼくを使用人として伯爵家で働かせてもらえないでしょうか」

意を決して言った真雪の言葉に、伯爵は不機嫌な声で返した。

「待ってくれ、真雪くん。きみはギルバートとつがいの契約を結んだオメガだよ。近くに行くと、ギルバートが気づいてしまう」

「ですから、抑制剤を飲んで発情を抑えます。エドモンズ先生、強い薬を処方してください」

きっぱりと言う真雪に、伯爵とエドモンズは戸惑ったように視線を合わせた。

「一体、ルウミとギルバートのそばでなにをしようと言うんだ」

「お菓子……お菓子を作りたいだけです」

「お菓子……だと？」

「はい、記憶を失う前、ギルバートさまはぼくの作るシナモンロールがとてもお好きでした。彼の好きなものを子供に食べてもらいたいだけです。どうか近くで働かせてください」

「……本当に？」

「ええ、お約束します、それ以上はなにも望みません。できればルウミさまの誕生日まで」

本心だった。それ以上はなにも望まない。いつも夢見ていたあのクリスマスの誕生日シーン。それが叶わなくても、子供のためになにかできることがあれば。

「それができれば……医療的にも協力してくれるのか？」

「血でも何でも。もし骨髄《こつずい》が適合するなら骨髄を、内臓でも命でも……」

できることをしよう、できるかぎりのことがしたい。

愛するひとの側で自分がやれることをする。ギルバートとルウミがいなければ二十歳まで終わっていた命だ。あとは彼らのために捧《ささ》げたい。　真雪の必死の覚悟を理解してくれたのか、伯爵は静かに息をついた。

「わかった、ではエドモンズ、きみが紹介状を用意してくれ」

「伯爵、いいのですか？」

「試してみるのもいいんじゃないか。ルウミは身体が弱いのもあると思うが、実に気難しい子だ。どんなお菓子もパンも食事もまともに食べようとしない。おかげでメアリーも不機嫌だ」

伯爵は口元を歪《ゆが》ませて微笑した。

「ルウミさまは……お菓子もパンも食べないのですか？」

「そうだ、無理やり食べさせることはあるが、吐くことが多い。高カロリーの点滴で生きているようなものだ。もしきみの作ったシナモンロールとやらをあの子が食べるのなら、下働きから……ベビーシッターに昇格させてやってもいいぞ。もちろん親だと名乗らせるわけにはいかないが」

「本当に？　ベビーシッターに？　嬉しいです。保育士の資格と経験があるので、もし雇っていただけるのなら精一杯つとめます」

「それは頼もしい。ただし、あの子にまともに食べさせることができた場合だぞ。気難しく……躾《しつけ》の行き届いていない野性児のような子だ。その上、病気がちで気に入らないことがあればすぐにかんしゃくを起こしてしまう。ギルバートにもメアリーにもなついていない。野良犬のように手を出せば本気で噛んでくる」

驚きのあまり、失神してしまいそうだった。きっと愛らしく優しいいい子に育っていると思っていたのに。野良犬？　野性児？

「あの……ギルバートさまにもなついていないというのは……」

「ギルバートも事故以来、変わってしまったからな。人間嫌いになったのか、一日中、部屋から出てこない。ヒッピーかキリストのような格好をしてふらふらしている。とにかく変わった親子だ。あの親子が果たしてきみの作ったものを食べるかどうか。試してみるのも面白いだろう」


試してみる……？

ギルバートさまがヒッピー？　キリストのような格好？　まったく想像がつかない。

『もしきみの作ったシナモンロールとやらをあの子が食べるのなら、下働きから……ベビーシッターに昇格させてやってもいいぞ』

あれだけ真雪とのことを反対していたカーライル伯爵がそこまで譲歩してきたのは、相当、手こずっているということだろう。泥沼のなかでもがいているようにも思えた。

「……デコ……大丈夫かな……ちゃんと二人にシナモンロールを食べてもらえるかな」

離れている間に想像していたのと、彼らはまったく違う家族の形になっていたようだ。

手術で記憶を失って以来、ギルバートは偏屈で気難しい男になり、一日中、自室に閉じこもったまま。髪も切らず、服もボサボサで、一見、ヒッピーみたいになっている。ルウミはルウミで気性が荒く、身体が弱く寝たきりの状態。メアリーはそんな二人と打ち解けることもなく、心療内科にばかり通っているとか。

(幸せじゃなかったのかな……みんな……。だから伯爵は藁《わら》にもすがる気持ちであんなことを)

それなら、彼ら三人が幸せになれるために、何でも協力しよう。

ギルバートの妻はメアリー。ルウミの母親はメアリー。だから自分は何も関係がない。ただの使用人。輸血用の血は、病院が保管しているもの。自分のものだとは伝えない。

たとえ名乗ることができなくても、役に立てる——と思うと、それだけで真雪には夢のような幸せに感じられた。

翌日から、真雪は週末だけ店を開けることにして、月曜から金曜日、伯爵家に下働きとして通うことになった。ギルバートがつけた首筋の噛み傷を隠すため、チョーカーをつけて。

海辺の瀟洒《しょうしゃ》な古城をリノベーションした伯爵邸。外観は中世の北欧の古城風の建物で、城への道沿いは色づいたマロニエと白樺の木立が続いている。

「新しく下働きになりました真雪です、よろしくお願いします」

裏門から邸内に入った真雪は、使用人たちの集まる厨房脇の部屋に案内された。

「——オメガ……なの?」

他の使用人たちが話しかけてくる。

執事や弁護士は別として、下働きの使用人は、真雪の他には、庭師、清掃係の男性が一人ずつと警備員が二人。女性は五人ほどいた。真雪は女性に混じって仕事をすることになっていた。

「めずらしいわね、ここはオメガを雇わないのに」

「よくオメガなんて雇ったわね。ここはアルファばかりの屋敷なのよ。伯爵さまもギルバートさまもメアリーさまも、お坊ちゃんのルウミさまも、家庭教師や執事の方々も。間違いがあったらダメだから、使用人は基本的にはベータしか雇わないのに」

そうか。アルファの館だから、オメガは雇わない。きっぱりと言われ、改めてオメガというのは不便な性なのだということを痛感する。突然変異型だったのもあり、オメガの特性も出てこなかったからベータと変わらないように感じていたけれど。

メイドたちが首を傾《かし》げていると、執事が説明に現れた。

「彼はいいんだよ、発情しないからベータと同じなんだ。ちょっと事情があって、医師から紹介されてきた。厨房ではパンとお菓子づくりを担当してもらう。ベビーシッターの資格もあるので、ここでの暮らしに慣れたら、ルウミさまの世話を担当されるかもしれない」

「ルウミさまの？　あの気難しい子の？　大変よ、あの子の世話は。あっ、そうだ、厨房だけでなく、洗濯物とかも手伝ってね。ルウミさまがシーツや衣類をよく汚すから」

「汚すって……それは体調のせいで？」

「違うわ、庭で暴れまわって、土だらけになるのよ。野良猫やネズミを連れてくることも多いわ。メアリーさまはそういうのが大嫌いなのに」

体調が悪くて寝たきりと聞いていたのに、どういうことなのだろう。

「ルウミさまはご病気がちでは？」

「ええ、ロンドンにいらしたころは寝たきりだったけど、エストニアに来てから、少しお元気になられて、調子がいいときはすぐにベッドを抜けだされるの」

よかった、病気のせいではなかったのか。真雪はホッと胸を撫で下ろした。

「そんなわけで、すぐにお庭もぐちゃぐちゃになるし、屋敷は泥だらけになるし、ネズミを追いかけまわすこともあるから大変だと思うけど、掃除や洗濯も協力してね」

「はい、何でもしますので、どうかよろしくお願いします」

ルウミが暴れまわるというのでどんなに荒れているのかと思ったが、邸内はすごく美しい空間になっていた。こんな綺麗な建物に入るのは初めてかもしれない。

ルウミの部屋らしき場所も厨房の窓から見ることができた。イングリッシュガーデンになった中庭に面した部屋のようだが、いつもエストニアの海の色のようなカーテンがかかっていて姿を見ることはできなかった。

「――残念ながら、あなたの作ったシナモンロール、ルウミさま、お気に召さないようね」

初日、真雪は自分の家で作ったシナモンロールを持参したが、翌日、廊下のゴミ箱に踏みつけにしたようにして捨てられていた。

「もったいないことを……いらないならぼくが食べるのに」

無残にくしゃくしゃになったパン。靴跡がついている。子供の靴跡ではなく、大人のものだ。ではルウミではない。これをつけたのはギルバートだろうか？

「今日は庭の掃除を手伝って。冬に向かって、大量の枯葉が庭を埋めてしまって。メアリーさまが嫌がるので綺麗にしないと」

「わかりました」

「冬場は雪かきね。庭の木を傷つけないように。メアリーさまのお気に入りの薔薇だから」

「はい」

ゴミ袋や枯れ葉用掃除機を持って庭に出る。

海からの風が冷たい。秋も終わろうとしている。さっきのゴミ箱で見た無残なシナモンロールを思い出しただけで、風の冷たさよりも心が冷たくなってしまう。ギルバートがしたのだとすれば、昔とはまったくの別人になってしまったということか。

（そうだ、伯爵さまが言っていた。ギルバートさまもルウミも気難しくて大変だと。一回くらいで傷ついちゃダメだ。根気よく頑張らないと）

自分に言い聞かせると、真雪は薔薇の茂みに積もった枯れ葉を地面に落とし始めた。

庭木を傷つけないようにしながら地面に落とし、一箇所に箒《ほうき》で集めたあと、掃除機で一気に吸いとるのだ。

秋の冷たい海風が吹き、イングリッシュローズだけが虚しいほど美しい人気のない庭。そうして一時間ほど清掃をしていると、いきなり茂みの間から猫が飛びだしてきた。

「待て、待つんだ」

「うわっ」

真雪の頭上を黒い猫が軽快に飛び越えていったかと思うと、その向こうから猫じゃらしを手にした半ズボン姿の男の子が現れた。猫じゃらしと反対側の手には小さな蛇を持っている。

「……っ！」

その瞬間、真雪は息をするのを忘れた。真雪の胸が高鳴る。

ふわふわとした金髪は女の子のようにあごまでの長さがある。白いブラウスにアイボリーカラーの暖かそうな毛糸のカーディガン、それからタータンチェックの半ズボン。ハイソックス、可愛いスニーカー。そしてベレー帽。大きな翠の眸、そして丸いりんごのようなほお。天使と見まごうような男の子だった。

まさか……この子はルウミ？

「あっ」

目があったとたん、驚いたような顔で子供が転びそうになる。

真雪はとっさに手を伸ばした。細くて小さな身体。喜びがこみあげてきたが、次の瞬間、その子供から出てきた言葉に愕然とした。

「オレにさわるなっ」

冷たく突き放すように叫ぶと蛇を投げ捨て、猫じゃらしで真雪のほおを叩いてきた。

「ルウミ、猫じゃないのよ、それは新しい使用人よ」

彼の後ろから女性の声が聞こえた。はっと顔をあげると、焦げ茶色の髪を胸まで垂らした細身の女性が立っていた。

メアリーだ。濃紺の眸と揃《そろ》えたようなブルー系のチェックの上着にベレー帽、乗馬ブーツ。手には鞭《むち》、どうやら乗馬をしていたらしい。

いかにもセレブな女性といった風情だ。淡麗な美貌、長身痩躯《そうく》のモデルのような体型のせいか、圧倒されるような雰囲気が漂っていた。

「下働きの東洋人。この家の当主となるおまえが話しかける相手ではないわ。無視しなさい」

「どうして？」

「オメガよ。しかも東洋系。私たちの話している英語もわかるのかどうか」

「何だ、オメガか」

ルウミは蔑《さげす》むような言い方をした。オメガ――という存在への異様な差別意識が彼のなかにある。

そのことに真雪は衝撃を受けた。と同時にギルバートの妻がこんな性格の人間だったことに。

（それに……こんなに愛らしく育っているのに……こんな発言をするなんて）

本当なら偶然ルウミに会えて嬉しいはずなのに、感動の涙も出てこない。胸も熱くならない。

あまりのことにショックを受け、愕然としていると、そこに長身の男性が現れた。

「メアリー、こんなところでなにをしている。ルウミが部屋にいないと思ったら」

その声――。

耳にしただけで懐かしさと愛しさと狂おしさがこみあげてくる。現れたのは、ギルバートだった。

白いタートルネックのセーターに、ラフな雰囲気のチェックのジャケット。それでも一目で上質なものを身につけているのがわかる。前髪がさらりと落ちている。

（ああ、ギルバートさま、ああ、四年ぶり。ご無事で。よかった）

愛しさが胸に広がり、涙がこみあげそうになるが、ギルバートは真雪のことなど覚えていないのだと思うと表情には出せず、ただこわばった顔で会釈するしかなかった。

「ギルバート、めずらしいわね、いつもと違って英国人らしい格好をしてどうしたの」

英国人らしい格好？　そういえば、ギルバートはヒッピーのようだという話だったが、ここにいるのは以前とそう大きく差があるようには思えなかった。

「急に髪を切りたくなっただけだ。ところで……彼は？」

ギルバートは不思議そうに眉をひそめ、真雪を見つめた。

「新しい下働きよ。エストニア出身のオメガを雇ったのですって」

居丈高なメアリーと違い、ギルバートは優しそうで上品な昔のままだ。少し芸術家風の雰囲気が増したようには感じるが、伯爵が言っていたような気難しい人間嫌いのヒッピーといった風情はない。

「そう……なのか。俺は当主のギルバートだ。初めまして」

初めまして。そう言って手を出され、真雪は戸惑った。

「ギルバート、こいつはオメガだよ。さわっちゃいけないんだ」

ルウミの言葉に、ギルバートが呆れたように肩で息をつく。

「メアリー、また訳のわからないことをルウミに教えたんだな。ルウミ、いいか、人間はみんな平等なんだ。初めての相手には、初めまして、よろしくとこうして挨拶するんだよ」

見てなさい、と言わんばかりに、ギルバートは再び手を差し出してきた。真雪はおずおずと手を差しだした。

「真雪と申します。よろしくお願いします」

「真雪？　不思議な名前だが、エストニア人なのか？」

「あ、いえ、母親が日本人だったので、日本の」

「日本というと、ヨーコ、ミツコくらいしか思いつかないな。どういう意味なんだ？」

「真の雪と書きます」

「真の雪か。儚《はかな》いね、きみのようだ。そしてルウミのようだ」

ぼそりと呟いたギルバートにルウミが地面に落ちていた枯れ枝を投げつける。

「なにをするんだ」

「変なんだもん。髪の毛、短くなってるし、服も違う。ギルバートっぽくない」

「父親にむかって、呼び捨てはやめろ。パパと呼べと言ってるだろう」

「嫌だ、ギルバートなんてパパじゃないよ。オレのこと、嫌いなくせに」

ルウミは真雪が集めていた落ち葉の袋を奪うと、ギルバートめがけて投げつけた。中から落ち葉や苔や泥のついた枯れ枝が飛び散る。

「いい加減にしなさい、ルウミ。俺が嫌いならそれはそれでいい。でもこれは真雪が掃除をして集めたものなんだぞ。それをこんなふうにして」

「オメガのことなんて、どうでもいいよ。人間じゃないんだから」

「どうでもよくない、そういう問題じゃない。メアリー、きみは……ルウミになにを教えているんだ。この子が差別的な人間になったらどうするんだ」

「身分の違いよ。ルウミもアルファだから、オメガの発情に誘われるとも限らないでしょう?」

メアリーはトゲのある眼差しで真雪を見た。

「まだ三歳だぞ。それにオメガとアルファが惹かれあうのは、運命の力によるものだ」

「運命？　冗談じゃないわ。私はルウミにはアルファの女性と結婚させるの。私のような女性と」

「自分の考えをルウミに押しつけるな。誰もがきみのように出産できるわけではないのだぞ」

彼らの会話から、ああ、そういうことかと真雪は改めて成り行きを知った。

ギルバートは記憶を失っている。ルウミはギルバートとメアリーとの間にできた子供ということになっている。だからそれを前提で話をしているのだ。

「メアリーさま、ルウミさまを早くベッドにお戻ししないと。いくら空気が綺麗だからと言って、こんな寒い庭で動きまわられたら、また体調が悪くなられて……」

リンダというメイド頭がやってきた。

ルウミは彼女に連れられて昼寝に向かい、真雪はそのまま庭の清掃を続けた。そんな真雪の耳に、メアリーとギルバートの会話が飛びこんでくる。

「好みのタイプなの？　あのオメガ。あなたの描く絵に似てるわ。ずっとヒッピーみたいだったのに急に小綺麗にしたりして……。昨日、門のところであのオメガを見かけたからでしょう？」

「邪推はやめろ。それよりどうしてきみはそういうものの言い方しかできないんだ。ルウミにあんな差別的な考えを教えて。あれでは嫌な人間になってしまう」

ギルバートの言葉にメアリーがおかしそうに笑う。

「自分の子供だと思っていないくせに」

その言葉に、落ち葉を集めていた真雪は、冷水を浴びたように驚き、硬直してしまった。

「あれは俺の子供だ。鑑定の結果、俺の子供という結果が出た」

「なのに、どうして愛せないの？」

「それは……」

「私の子供だから？　だから人間嫌いだなんて言って、私もルウミも避けてるの？」

「そういう言い方はやめてくれ。思い出せないことを責められても俺にはどうしようもない」

「記憶を失う前、どうして私と子供を作るような行為ができたのか疑問なんでしょう」

「なぜそういう言い方をする」

「結婚してから、あなたは一度も私を抱いてくれない。人前で仕方なく挨拶のキスをするくらいで。結婚前、記憶を失う前は、あの子ができるほど私を愛してくれたのに」

「……」

ギルバートが押し黙る。

「信じられないって顔をしているわね。でもそうでなかったらどうしてあの子が生まれるの？　私はアルファよ。アルファの女性は、それでなくても妊娠しにくい体質の持ち主。そんな私が子供を産んだの。それはつまりあなたはそのくらい私と愛しあったのよ」

メアリーの言葉に真雪は愕然とした。

こんなことになっていたなんて。

良かれと思って、ルウミの母親役をメアリーに任せることにした。伯爵からの命令、国際法で決まっているという理由以外に、ギルバートの正式な妻との間にできた子供ということにしたほうがルウミにとって幸せだと思ったから。

けれど本当にそうなのだろうか。この環境で彼は幸せになれるのか？

ギルバートもそうだ。愛しあったことのない女性から、記憶を失う前に愛しあったと言われ、それを受け入れようとしている。それが彼の幸せなのか？

「すまない、メアリー」

「どうして謝るの」

「わからないんだ、記憶を失う前、どうしてきみとの間にルウミができるようなことをしたのか」

「ひどい人ね、そんなことを言われたら、私だってルウミを愛せなくなるわ。あなたが私を抱いたからできた子供なのに。それとも体外受精で作った子供とでも思っているの？」

この殺伐とした風景。二人してルウミを心底からは愛していない。夫婦仲良く、愛をこめてルウミを育ててくれていると信じていたのに。

「半分、そう思っている。理由は、きみからの愛を感じたことが一度もないからだ。きみは俺もルウミも愛していない。それだけははっきりとわかる」

ギルバートの悲痛な物言いが真雪の胸に突き刺さる。

愛していない相手。しかしその相手との間の子供と思いこまされている。

これはギルバートにとって悲劇ではないのか。

「嫌な男ね、本当に。そういうところがルウミにそっくりよ」

メアリーが忌々しそうに吐き捨てたそのとき、茂みの間にルウミが立っていた。

「……っ」

愕然としているルウミを見て、メアリーはカッとなって鞭を振り挙げた。

「どうして立ち聞きなんてしているの、嫌な子ね、昼寝の時間でしょ！」

メアリーが振り上げた鞭がルウミを打つと気づいた瞬間、真雪の身体は前に動いていた。

「危ないっ！」

反射的に真雪はルウミを抱きしめていた。

「やめるんだ、メアリーっ」

ギルバートが止めようとしたが、それでも鞭の先が真雪の首筋を大きく傷つけてしまった。

「う……っ」

鋭い痛みが走った。チョーカーが弾け飛び、血がほとばしる……。ルウミを抱きかかえたまま、真雪は地面に倒れ込んでいた。

「あ……」

腕のなかで驚いてルウミが目をみはっている。ショックだったのか瞳にいっぱい涙を溜めている。

「メアリー、きみは部屋に戻って。ルウミは俺が連れていく。真雪、大丈夫か？」

ギルバートは真雪の肩に手をかけ、ルウミを地面から抱き起こそうとした。メアリーは鞭を投げ捨ててその場から消えた。

「ええ、ぼくは平気です」

ああ、初めて触れた。初めて抱きしめた。この子はぼくの子供だ。その喜びと痛みと愛しさと驚きといろんな感情が渦巻き、真雪はどうしていいのかわからず、ただルウミにほほえみかけていた。

「よかったですね……怪我がなくて」

しかし次の瞬間、手の甲に真雪は鋭い痛みを感じた。

「あう……っ！」

ルウミが真雪の手を思い切り噛んだのだ。骨まで砕けそうな痛さに真雪は思わず手を離した。

「離せっ、オメガのくせに触るな！」

「ルウミ、やめなさい」

ギルバートがルウミに手を上げようとする。真雪はそれを止めた。

「暴力はいけません。どうしてダメなのか、順序立てて説明するのです」

真雪はルウミの前にひざをつき、血のついた手を差しだした。

「ルウミさま、これは、あなたの歯型です。ぼくの手から血が出ています。ぼくはあなたに噛まれてとても痛いです。どうしてあなたはこのようなことをしたのですか？」

「あ……それは……おまえがオレにさわったから」

「触られて不愉快だったのですね。それは謝ります。ですが、ぼくはあなたが痛くないようにと思って助けたのです。あなたへの好意からです。でもあなたはそうは思わなかった。それはぼくがオメガだからですか？　それとも反射的に噛んだのですか？」

「……びっくりして……」

「わかりました。それならけっこうです。次から気をつけてください。それから、ぼくにおまえというのはやめてください。いくら相手がオメガでも、いきなり会ったばかりの人間におまえというのは失礼なことだと思います」

「何だと」

ルウミが手をあげようとする。真雪はそれを止め、諭すように言った。

「暴力はいけません。ぼくはこれ以上痛い思いはしたくありません。いいですね」

するとルウミが困ったような顔で眸から大粒の涙を流し始めた。

「……っ」

どう整理していいのかわからない様子で、ただ涙を流すルウミを見ていると、ふいに胸の奥から愛しさがこみあげてきた。

野生児のよう、野良犬のよう。確かに何の躾もされていないようだ。あからさまな差別意識、すぐに手が出たり、噛んだり。でも本質は違う。わからないのだ、いけないことが何なのか知らないだけなのだ。

「これから気をつけてください。約束です」

真雪が笑顔で声をかけると、ルウミはとまどったような顔で睫《まつげ》毛を瞬かせた。

「悪いことをしたことがわかったのですね。あなたはとても賢くて優しいんですね」

「……優しい？　オレが？」

「ええ、本当は優しくてとてもいい子なんだとわかりました」

真雪が笑顔で言うと、うわーんと突然大きな声でルウミが泣き始めた。あたり全体に響くような大きな声で、わんわんと泣き、真雪の胸をこぶしで叩き始めた。

「バカ野郎……オメガのくせに……オレを褒めるな、バカヤロー」

そんなことを時々呟きながらも、ひくひくと嗚咽を漏らし、わんわんと泣いて真雪をドンドンと叩いている姿に、切ないまでの愛しさと憐《あわ》れみを感じずにはいられない。

「ルウミさまには……愛が……足りないのですね」

ボソっと呟き、真雪は慈しむようにルウミを抱きしめた。小さな身体、細い肩、やわらかな髪の毛、ぬくもり……。

ああ、愛したい、この子を精一杯愛したい。こみあげてくる想いを胸に押しとどめ、真雪はギルバートを見あげた。

「愛を……愛をあげてください。あなたの愛をこの子に」

ぼくとあなたの子供に。せめて堂々と愛することができるあなたからの愛だけでも……。

「きみは……どうしてそんなことを」

「さしでがましいことを使用人が申しあげてすみません。ただ……言わずにはいられなくて」

「いや、その通りだ。きみは保育士とベビーシッターの資格があるそうだが……子育てのことで思うことがあったら、遠慮せずに言ってくれ」

ギルバートの本質は変わっていないのかもしれない。ふとそんなふうに思ったとき、ルウミがハッとして真雪に手を伸ばしてきた。

「お兄ちゃん、血が出てる。手からも首からも」

ルウミの目には涙がいっぱいだ。

おまえでもこいつでもなく『お兄ちゃん』——その呼び名に胸が熱くなって泣けてきそうになった。

やはり本当は優しい子供なんだ。そう思った。

「大丈夫です、ありがとうございます、心配してくださって」

抱きあげたルウミをギルバートに渡す。そのとき、ルウミが少し熱っぽいことに気づいた。

「ギルバートさま、ルウミさまをすぐ屋敷に」

「きみの手当てもしよう。ちょうどルウミの主治医が来ているんだ。一緒に来てくれ」

「大したことないので大丈夫です。それよりどうかルウミさまを一刻も早く館に。海風が冷たいです。少しお熱があるように感じました。体調を崩されては……」

「あ、ああ、本当だ、わかった。ありがとう、きみへの礼は改めて」

短い邂逅《かいこう》だった。

けれどものすごく嬉しかった。

ルウミ、ルウミ、あの可愛い子が自分の子供なのだ。

メアリーの子供として育てられているため、名乗ることはできないけれど、抱きしめることができた。それにギルバートにも会えた。

（神さま……ありがとうございます）

あまりに嬉しくて涙があふれそうになったが、陽が暮れるまでに掃除をしなければならないので、真雪は喜びの涙をこらえながら枯葉を集めた。


その翌日から伯爵家に通うのが楽しみになった。

ギルバートとルウミにシナモンロールを食べてもらおうと、毎日もっとおいしくなるようにと少しずつ改良を加えたものを届けて。

寝たきりだと聞いていたルウミは、エストニアにきてからとても調子がいいらしく、ギルバートと一緒に庭を歩いている姿をたまに見かける。

自分の作ったシナモンロールを食べてくれているのかわからないけれど、二人が一日ごとに以前よりも親しくなっている感じを遠くから確かめるだけで幸せだった。

三日前は、ただ並行して歩いていた。一昨日は、時々、ルウミがギルバートの腕をひっぱっていた。昨日はずっと手をつないでいた。そして今日は肩車をしていた。

「……」

そんな姿を遠くから眺めているだけで胸が詰まって泣けてくる。

ここで働かせてもらえるようになって本当によかった。下働きでも何でもいい、ここにいられるだけで幸せだ。

「これ、やるよ」

そして数日が過ぎたころ、枯葉の掃除をしていると、突然、ルウミが話しかけてきた。

くいくいと服をひっぱられ、ふりむくと、白い薔薇を一輪を持ったルウミがたたずんでいた。

「これをぼくに？　ありがとう、とっても綺麗ですね」

「この前、泣いたから……ごめん」

「えっ？　あのこと？　別に気にしなくても……泣きたいときは泣いてもいいんですよ」

「イヤだ、オレ、あんなオレ、嫌いだ。それより、花……好き？」

この子はなにか心に抱えているのだろうか。孤独？　哀しみ？

「ありがとう、お花、大好きですよ。とっても嬉しいです」

笑顔で薔薇を受けとると、ルウミが目の前にあったモミの木にむかって走り出した。

「見て見て、リスがいるよ。すごっ、捕まえるね」

野生のリスが枯葉の上でなにかを食べていた。手を伸ばして捕まえようとするルウミにハッとして、真雪は箒を投げだして後ろから彼の身体を抱きしめた。

「さわってはいけません」

「なにするんだっ、離せ、リスが逃げていっちゃったじゃないか」

「いいんです、野生の動物に触ってはいけません。この木の上に止まっているコウモリも、地面から顔をのぞかせているネズミも、それからヘビにも手を出してはいけません」

厳しい口調で言った真雪に驚いたような顔でルウミが問いかけてくる。

「どうして。あんなに可愛いのに」

「リスはかわいくてもダメです。齧歯目《げっしもく》の動物は伝染病を媒介《ばいかい》するものが多いですし、野生のリスやコウモリに噛まれると、狂犬病に感染する恐れがあります。英国にはないかもしれませんが、この国にはあるので気をつけてください。草むらにも病気を媒介する怖い虫もたくさんいます。あなたは免疫力がないのですから注意しないと」

「ビョーキ？」

「ええ」

「それならいつもオレはビョーキだよ。オレのビョーキ、おじいちゃんが哀しいって言う。オレのことで……ギルバートとメアリーもケンカする。だからいっぱい暴れて元気になるんだ」

ルウミが笑顔で明るい声で言う。その笑顔や明るさに胸が痛くなった。彼は野生児でも悪い子でも暴れん坊でもない。祖父を哀しませたくない、両親をケンカさせたくない、だから元気になろうとしているのだ。それがわかって目頭が痛くなってきた。

「そうだったのですか、ルウミさま、前にも言いましたが、やっぱりとっても優しいんですね」

「優しくない」

「優しいです。ぼくに薔薇もくれました。それにみんなが心配しないように元気になろうとしている。ルウミさまはとっても素敵なお子さまなんだとわかって……嬉しくなりました」

「嬉しいの？」

「じゃあ、お兄ちゃんにいいところ、教えてあげる。ついてきて」

ルウミは真雪の服をひっぱって、茂みの向こうにある石造りの小屋にむかった。廃墟《はいきょ》のようになった小屋には、潰《つぶ》れかけたグランドピアノや絵本、古時計などが置いてあった。

「ここは？」

「わかんない、でもね、このピアノ、音が鳴るんだ……それを聴くのが好きで」

ポンポンとルウミが人差し指でピアノを鳴らす。ショパンの曲にちょっと似た感じの音だった。

「すごい、ルウミさま、三歳なのにピアノが？」

「わかんない、ここで遊ぶの好き。いろんなものがあって楽しいよ」

「そうなんですね。ここはルウミさまの秘密基地なんですね」

「ああ、ギルバートにもメアリーにも内緒だよ。夕方、ちょっとだけここにくるんだ」

ルウミの秘密基地。それを教えてもらって以来、夕方、真雪はそこを訪ねることにした。真雪はピアノを綺麗に拭《ふ》いて見よう見まねで調律し、ギルバートが好きだったショパンの音楽をスマートフォンで聴かせた。すると彼はすぐにその主旋律を覚えて、自分なりに楽しく弾《ひ》くようになった。

「ルウミさま、音楽の才能あるかも。そっちの道に進むといいですよ」

「変なやつ、何でお兄ちゃんはそんなふうにオレが嬉しいこと言うの？」

「嬉しい？」

「うん、お兄ちゃんの話すこと、みんな嬉しい」

笑顔で言われると涙が出てくる。

「どうしてお兄ちゃんが泣くの？」

「うん、ぼくも嬉しいから。あっ、そうだ、今日はルウミさまに絵本も持ってきました」

「え……」

「これ、プレゼントします。『雪の精と猫とルウミの物語』というこの国の童話です」

「ルウミってオレだよ」

「そう、同じ名前です。この表紙の金髪の子がルウミと言う男の子なんです」

「髪も顔もオレと似てる。こっちの雪の精はお兄ちゃんに似てるな。あっ、このニャンコ、可愛い」

「この本に出てくるニャンコは、デコって言うんですけど、ぼくの家にもこんな感じのデコって名前の可愛いニャンコがいるんです」

「ニャンコ……いいなあ、オレ……ニャンコになりたい」

「え……」

「自由だし、元気だし、いっぱいいろんなところに行くことができる。オレ、ニャンコになりたい」

絵本のなかの猫を指でなぞりながら言うルウミの言葉にまた泣けてきた。

「また泣く。すぐ泣くな。この前は別だけど、あれ以外にオレは泣いたことないぞ。弱虫じゃないから」

「すみません、ただ泣けてきて。ぼくは弱虫だから泣くんです」

「いいよ、オレの分も泣けよ。お兄ちゃんが泣いたら、オレ、泣かなくて済むから。もうわんわん泣いたりしないから、オレの分も泣いて」

「え……」

「お兄ちゃんが泣くとき、オレが泣きたいときだから」

笑顔で言うルウミが余計に切なくて涙があふれてきた。そんな真雪のほおに彼が手を伸ばしてきた
そのとき、異様に体温が高いことに気づいた。
「ルウミさま、熱があります、ルウミさま……っ！」

その日以来、ルウミは外に出られなくなってしまった。

エドモンズから何度も呼びだされ、真雪は血が欲しいと言われ、その度も輸血した。

「このままだと彼は骨髄移植をしなければならないんだが、きみの型と彼の型は一致している。年明けに移植手術をするけど、いいか？」

「わかりました」

年明け、クリスマスのあと、新年がきたらルウミのために骨髄のドナーになれるのだと思うと、胸が熱くなった。

その翌週、伯爵家に行くと、生意気な態度でルウミが真雪に声をかけてきた。

「おい、おまえ、おい、こっちに来るんだ」

廊下の掃除をしている真雪に、部屋から顔を出したルウミが声をかけてくる。パジャマ姿——ということはベッドで寝ていたようだ。せっかく「お兄ちゃん」になったのに「おまえ」にもどっている。子供というのはそういうものかもしれないので、少しずつ変えていくしかないのか。

「なにかご用ですか？」

「あそこから本を持ってきて。ピアノと」

「わかりました。本はすぐにとってきます。ピアノはギルバートさまに相談しないと。ぼく一人では運べませんから」

「わかった、任せる。ところで、これ、おまえが作ったの？」

ルウミがシナモンロールをとりだし、真雪に質問してきた。半分ほど齧ったあとがある。

「ええ、そうですよ。半分、食べてくださったのですか？　今日はそれだけじゃなく、ポーチドエッグもサラダも蒸しチキンもコーンスープもぼくが作ったんですけど、どうでした？」

「……うん、どれも食べられた。あれなら、食べてもいい。おまえの作ったものは、食べてやってもいい。だから、おまえ、オレのベビーシッターになるといい」

上から目線の生意気な話し方だったが、偏食で高カロリーの点滴しかダメだと聞いていたルウミが自分の作ったものを食べてくれたということに思わず顔がほころんでしまった。

「本当に？　よかった、ではぼくはあなたのベビーシッターになれますね」

「おまえ、嬉しいのか、それが」

「ええ、嬉しいです。でも、おまえはやめましょう、その話し方はかわいくないです」

「別におまえにかわいく思われなくてもいい。おまえがおいしいものを運べば」

「どうせならかわいくしてくださいよ。そうしたらもっとおいしいもの、作りますから」

「おまえをやめたら、おいしいものを作ってくれるのか？」

「そうします。そうしたら明日は苺シナモンロールを作ります。明後日はブルーベリータルト、明後日《しあさって》は、クリームプディング。どれもおいしくて幸せな気持ちになりますよ。あ、あとぼくの作る新ジャガのローストもカリカリベーコンも合鴨《あいがも》のサンドイッチも、すごくおいしくて」

真雪が笑顔で言うと、釣られたようにルウミも口元を少しだけほころばせた。

何という愛らしさだろう。怒っている顔よりも泣いている顔よりも生意気なことを言っている顔よりもずっといい。

「毎日作ってくれるの？　なら、おまえはやめて、お兄ちゃんにする」

「ではお兄ちゃんにしてくださいね。それからご飯以外にも、いろんなことをしましょうよ。この前の本の続きも読みたいですし、それから音楽のことも猫のことも」

真雪は「さあ、ベッドに戻りましょう」と彼に手を伸ばした。すると彼がもみじのような小さな手を差しだしてきた。

握りしめると、キュンと胸の奥が甘く疼く。親子だと名乗ることはできないけど、この子は自分の子供なのだと思うと涙が出てきそうになった。

「お兄ちゃん、ご飯作り以外になにができるの？」

ベッドに寝かせると、ルウミが興味深そうに尋ねてきた。

「うーん、編み物とかコップ作りとかできますよ。うちでいろんなものを作るんです」

「わあ、すごい。作ってるとこ、見たい」

「じゃあ、健康にならないと。そうしたら遊びにきてください。お兄ちゃんのところは、カフェをやっていて、あの絵本に出てくるような可愛いニャンコもいるんで」

「ニャンコ……ああ、デコちゃんだよね。オレ、ニャンコ大好き。ギルバートもニャンコが大好きなんだ。クリスマスに行きたいな」

では、ギルバートは過去を忘れたまま過去と同じものに惹かれているのか。

「じゃあふわふわの焼きたてのシナモンロールとおいしいハーブティーと、それからローストチキンを用意しますね。そのあとショパンの音楽をかけて、ニャンコが窓辺にいる姿を見ながら、ブルーベリータルトにろうそく三本立ててお誕生日を祝いましょう」

「え……お兄ちゃん、オレの誕生日……知ってるの？」

「あ、え、ええ」

「誰も覚えてないのに」

まっすぐな眸でじっと自分を見つめるルウミに、ふいにまなじりから涙が流れ落ちそうになったそのとき、廊下を通りかかったギルバートが中に入ってきてベッドのルウミの髪をくしゃっと撫でる。

「ルウミ、また彼にひどいことをしているんじゃないだろうな」

「ギルバートさま、いえ、そうじゃなくて、彼はとても優しくしてくれます。ぼくの作ったものも全部食べてくれて」

「ルウミが食べた？　きみの作ったものを？　本当に？」

「オレ、お兄ちゃんの作ったものなら食べられる」

「本当に？　本当にちゃんと食べたのか」

ギルバートが嬉しそうにぎゅっと抱きしめる。ギルバートはルウミを愛している。そう思った。

「オレ、これまでみたいに噛んでも噛んでも喉を通らない感じがしなくて……呑み込みたくてもっともっと食べたいって思って」

もしかすると、エストニアの空気の良さが彼の食欲につながっているのかもしれない。それでも自分の作ったものを食べたいと思ってくれるのが真雪には嬉しかった。

「そうか……では、きみは今日からこの子のベビーシッターということになるな」

「おそばでお世話できるの、とても嬉しいです。あ、そうだ、クリスマスにお誕生日会をしようという話をしていたんですよ」

「誕生日会？　この子の誕生日を知っているのか」

「え、ええ」

「ありがとう。それは楽しみだ。それにしても、ルウミがこんなに誰かになつくなんて信じられないよ。しかもすっかりいい子になって。きみは……天使かもしれないね」

天使――という言葉に、どきっとした。以前に彼が言った言葉と同じだからだ。

「ギルバート、ダメだよ、お兄ちゃんはオレの天使だから。オレ、いい子になる」

「いい子の意味がわかるのか？」

「そうしたら、お兄ちゃんがおいしいものいっぱい作ってくれるって。それからニャンコのいるカフェで、ショパンのピアノと一緒に、オレの誕生日を祝ってくれるって」

ルウミ、天使はきみだよ、と言いたくなった。

これまで言葉や態度が悪いのは誰からも躾をされていなかったから。そしてこの子が暴れていたのは、周りの人に自分は元気だから心配させまいとしていたから。

その切ないまでの想い。この子に幸せになってほしいとしみじみ思う。

「ルウミさまがいい子でいたら、いろんなものプレゼントします。でも人に噛みついたり、人を差別するような悪い子ならブラックサンタに頼んで食べてもらいます」

「嫌だ、ブラックサンタは嫌だ」

「なら、いい子にしてるんだ、ルウミ」

「うん、わかった、がんばる。オレ、がんばる。だからお兄ちゃん、オレの天使でいてね」

大きな目を潤ませて、一生懸命、そんなことを言うルウミがかわいくてしかたなかった。

離れていた間、一度も忘れたことがなくて、いつもいつも幸せを願っていたかわいい子。

親だと名乗れなくてもいい。この子の世話ができるだけで幸せだ。この子のこんな愛らしい姿を見られるだけで。

6　ギルバートの記憶

ルウミと少しずつ心が触れあえるようになってきた気がした次の週、庭の掃除をしていると、絵を描いているギルバートと遭遇した。

イングリッシュガーデンの中にある、白いガゼボ。薔薇のアーチが重なった、その中のベンチに絵の具を置き、中くらいのキャンバスにむかっていた。

そこに描かれていたのは、ルウミを抱きしめている真雪だった。まるで聖母マリアが天使を抱いているような絵。その背後にエストニアのロシア正教の寺院と、なぜかデコによく似た猫……。

「あの……この絵……」

枯葉を集めた袋を持ちながら、思わず真雪はギルバートに声をかけた。

「ああ、わかったか？　きみとルウミの絵だよ」

「どうして……ぼくと」

真雪は驚いて目を見はった。

「この前、彼を助けたきみの姿が忘れられなくて、急に描きたくなったんだ」

ギルバートが静かにほほえむ。昔とまるで変わらない。こうしていると記憶を失う前のままだ。気難しい、人嫌いと周りのひとが言っているのが嘘のように感じられる。

「きみとルウミが聖母と天使に見えた。不思議だな」

しみじみと目を細めてギルバートが言う。

「あの……この猫は？」

「わからない、きみの絵を描いていると、なぜかこういう猫も描きたくなったんだ。どうしても、猫が必要なんだ、この絵には」

まさかまさか失った記憶のどこかで何か覚えていることがあるのだろうか。

「……っ」

真雪は眸に涙をためてその絵を見つめた。

「どうして泣く？」

「わからないです……ただ……愛しくて」

「愛しい？」

思わず愛しいと言ってしまったあと、真雪は後悔した。言ってはいけない言葉だった。

「いえ、絵が愛おしい感じで」

「なにか……知っていることがあるのか」

真雪は息を詰めた。

「俺はこの国で事故にあって記憶を失った。そのことは知っているね？」

「はい、使用人の皆さんから聞いて」

震える声で真雪は答えた。

「その前のことをほとんど覚えていない。ここにいたとき、叔父の会社で働いていたようだが、きみと会ったことは？」

「い、いいえ……」

「本当に会ったことはないのか？」

「はい」

「では、どうしてきみから漂う甘い香りに惹かれるんだ」

「――っ」

甘い香り？　そんな香りがするのか？

「なぜか、きみに惹かれる。きみを門で見かけたときから。ルウミを助けたときも、この前、ベッドで彼と話をしているのを見たときもそうだった」

「待ってください、それはただ息子さんのことで感謝しているだけでは」

「ルウミもそうだ、きみにものすごくなついている。天使だ、聖母だと言って。不思議なほど。メアリーにはまったく心をひらいていないのに。俺もだ」

「ギルバートさま……」

「知りたい、メアリーに一度も感じたことのない感情をきみに感じている」

その言葉にどうしようもない淋しさを感じて泣き叫びたくなった。嬉しい、けれど喜べない。喜んではいけない。

「きみは何者なんだ？　どうしてこんなにも惹かれる？」

真雪はハッとした。

「あ……それはアルファとオメガだから」

「いろんなオメガに会ったことはあるが、きみのように惹かれたのは初めてだ。なにかが違うんだ。

きみだけ……なにかが。だからきみの絵を描いたんだ」

真雪の眸から涙が流れ落ちていく。海からの風が、キャンバスの前で見つめ合う二人の髪をなびかせ、真雪が首筋に巻いていたストールが取れる。

そのとき、ギルバートがハッとした。

「その噛み傷」

ストールで隠していた彼の噛みあと。チョーカーが壊れたままだった。

「きみは……誰かのつがいなのか」

真雪は手のひらを首に当てた。ギルバートが絶望的な眼差しで見つめる。

「は……はい」

真雪はそう言うしかないと思ってうなずいた。

「ぼくにはつがいの相手も……その人との間に子供もいるんです」

本当のことだけど彼はそれが自分だと知らない。その言葉に彼が痛ましいほど傷ついたような顔をした。

「そう……そうか」

落胆したようなギルバートから視線をずらし、真雪はぼそりと呟いた。

「甘い香りがするのなら、それはきっとお菓子の匂いですよ」

「え……」

「お菓子、毎日作っているんです、昨日はドライクランベリーのタルトを作りました。今日もこれからシナモンロールを作ります。ルウミさまが食べたいとおっしゃるので」

「シナモンロール……」

驚いたようにギルバートが目を見ひらく。なにか思い出すのか。記憶の底のどこかで。

「ですからきっとぼくから甘い香りがするのはお菓子のせいです」

どうしてこんな嘘が口にできるのだろう、と思った。短い命のときは守るものがなかった。だから嘘をつくことはなかった。けれど今は守りたいもの、隠さないといけないことがある。

だから嘘をつくようになってしまった。長い命と引き換えに。

「あの……ルウミだけでなく、俺にもシナモンロールを作ってくれないか？」

「え……」

「俺も急に食べたくなった。今までとりたてて好物ではなかったが……」

「……っ」

彼の脳のどこかにちゃんと過去が存在している。完全に忘れたのではないかもしれない。それがうっすらわかって怖くなってきた。もし、もし彼が思いだしたらどうなるのか。

「そうですか、不思議ですね」

突き放すように真雪は言った。

「よく当たるんだ。記憶を失う前の出来事とつながるのかもしれない。きっとそんな気がすると思ったことはいつもいい結果につながるんだ」

顔をあげ、ギルバートはほほえんだ。

「いい結果？」

「例えば、ロンドンでルウミの具合が悪くなったとき、エストニアに行けば彼が少し元気になるような気がしたんだ」

「え……ええ」

「そうしてエストニアにやってきたら、彼は少しだけ元気になった。ベッドから降りて庭を駆けたりしている。ロンドンでは寝たきりだったのに。だから俺のカンは正しい。いい結果につながるんだ」

「単なる偶然じゃないんですか？」

「違う、そんな気がすると思ったことはそれだけじゃないんだ、他にも」

「他にも？」

「きみは猫を飼っているだろう？」

「え、ええ」

「だからここに猫の絵を描いた。そうした方がいい気がしたからだ」

「それがいいことなんですか？」

「ああ、いいことだ」

「意味がわからないです」

「正しかったことが証明されたからだ。俺がそうかもしれないと思ったことが。だからきっとシナモンロールもおいしいはずだ」

「変な理屈です」

真雪はクスッと笑った。

「あ、また一つ当たった」

「え？」

「笑顔が可愛いだろうと思っていた。当たったじゃないか」

「……」

口元から真雪は笑みを消した。

「笑って」

ギルバートは真雪のほおに手を伸ばしてきた。暖かな手のひらに胸が高鳴る。

「どうして……笑わないといけないんですか」

「笑ってほしい」

「どうして」

「見たい」

切なげにいとしげに見つめられて胸が苦しくなってきた。

「ごめんなさい」

真雪はうつむき、視線を落とした。彼の手がほおから離れる。

「どうして謝る」

「笑いたくないので」

「どうして?」

「今、そういう気分じゃないんです。笑いたくないときに無理には笑えません。できません」

「俺といると楽しくない?」

真雪は唇を噛み締めた。楽しい。嬉しい。笑顔を見せたい。シナモンロールを食べたいと言われて嬉しかった。笑顔が可愛いなんて言われてドキドキした。とても嬉しくてほほえみかけたい。

あの四年前のカフェで過ごしていたときのように。幸せを幸せとして感じ、喜びを喜びとして味わうことができたら。時間がないと思っていたから素直になれたのだと今ならわかるが、あのときはそれがどれほど大切なものだったのか気付かなかった。

そう思うと涙が眸に溜まってきた。

「どうして泣くんだ、そんなに俺といるのが楽しくないのか？」

そうじゃないんです、そうじゃなくて、本当はとても楽しいから。それを伝えることができないのが辛くて涙が出てくるだけで。

「楽しくないんだね？」

楽しいという代わりに、真雪はうなずいていた。

「はい……」

「迷惑なのか、こうして話しかけられるのが」

「……いえ」

「では……」

「迷惑ではありません。あなたはぼくの雇用主です。あなたに雇われているのですから、あなたに話しかけられることを迷惑とは感じません。どうぞ雇用主として、なんでも申しつけてください。笑顔になれとご命令なさるのなら笑顔になります」

真雪は笑みをつくった。

「そういう意味で言ったのではない――」

ギルバートが絶望的な眼差しを向ける。わかっている。わざと彼を突き放すように言ったのだ。使用人と雇用主という立場でしかないのだと自分自身にもわからせないといけないから。

「笑顔は命じられて作るものではない。もう二度と見せなくていい」

「申しわけありません」

「謝るな」

「すみません」

「だから謝るな」

切り捨てるような口調で言われ、真雪はうなずいた。

「はい」

「もういい。とにかく今後、きみには雇用主として接しよう」

「ありがとうございます」

「だからといってメアリーのように人間として差別はしない。対等な人間、ただし雇用主と使用人という形を貫く。それでいいね」

「はい」

「では、主人として命令する。シナモンロールを作ってほしい。今夜、書斎に届けてくれ」

「わかりました」


その夜、真雪は作りたてのシナモンロールを持ってギルバートの書斎を訪れた。

「どうぞ」

バスケットに入れたシナモンロールを渡すと、ギルバートがまだあたたかなそれを口に含んだ。

「やはりこれはきみが作ったものだったのか」

「やはり?」

「一カ月ほど前、メアリーが作ったと言って持ってきたシナモンロールがあるんだ。これと同じ味だった。だがメアリーにシナモンロールが作れるわけはないんだ」

「メアリーさまが?」

一カ月ほど前というと、ここに雇用された初日のことだ。シナモンロールをバスケットに入れて持ってきてメイド頭のリンダに渡したのだが、メアリーがそれをギルバートに食べさせたのだろう。では、あのゴミ箱に捨てられたのは?

「俺があまりにおいしいと言って、食べるので、彼女は不機嫌になって、食べようとしていたルウミの手からそれを取りあげたんだ。そして踏みつけにして。失敗作だ、また作り直すと言って」

では、あれはメアリーが踏みつけにしたものだったのか。

「ずっと疑問だったが、謎《なぞ》が解けた。あれはメアリーではなく、きみが作ったものだったんだね」

「でもどうしてメアリーさまがそのようなことを」

「さあ。彼女の癇癪《かんしゃく》は今に始まったことじゃないからね」

「お気の毒です」

「メアリーが?」

「ええ」と真雪はうなずいた。

「どうして?」

「そんなふうにしか感情を表現することができないなんて。あなたからの愛を求めているのに得られないからそんな態度しか取れないのです」

どうして自分はこんなことを口にしているのか。ギルバートがメアリーではなく自分のことを無意識のうちに求めてくれることに喜びを感じてもいいのに、メアリーがかわいそうで泣けてくる。

「どうしてメアリーのために泣く？　彼女はきみの作ったパンを踏みつけにしたんだぞ。差別をして、ルウミに余計なことを教えて」

「それはなにもかも愛が足りないからです」

「愛が？」

「そうです。愛が足りないから、彼女が愛に飢えているからそんな態度をとるのです。それが痛々しくて涙が出てきます」

真雪の言葉にギルバートが眉をひそめる。

「それがわかるということは、きみは愛に満たされているということか」

「はい」

うなずく真雪に、ギルバートが深く息をつく。

「うらやましいよ、きみのつがいの相手が」

「え……」

「きみと深く愛しあっているわけだろう？」

「そういうことになりますね」

また嘘をついてしまった。

その夜、家にもどった真雪は、シナモンロールを作ることができるよう準備をしたあと、かつてギルバートが作った陶器やスケッチブックを広げて眺めた。

『愛が足りないからです』

あんなことを口にして。あれは綺麗ごとだ。メアリーと仲良くして、と口にしながらも、本当は心のどこかで無意識のうちに彼が自分を求めてくれていることにいびつな喜びを感じている。

（ぼくは……どうかしている）

記憶をなくした彼は、以前の彼とは別人。

メアリーと夫婦仲良く、ルウミを育ててもらうのが一番いい。そうすれば、伯爵からも大切にされ、金銭的に苦労することなく、裕福で豊かな暮らしをして、きちんとした教育を受け、いつかギルバートのように素敵な大人になってくれたら。そう思って伯爵家にルウミを渡したというのに。

いや、そもそも国際法上、真雪にルウミを育てる資格はないのだ。

「……どうしたんだろうね、ぼく」

ミャアと寄ってきたデコに手を伸ばし、つつみこむようにして抱きあげる。

ギルバートはふわふわとしたこの子の被毛が大好きだった。

いつもこの子のひたいに頬ずりして、キスをして。そのときと同じように、デコにほおを寄せて、そっと目元にキスをすると、デコが心地よさそうに喉を鳴らして目を細める。

ごろごろというこの音が好きだ。このぬくもりも。当時を思い出しながらデコを抱きしめていると、胸が切なくなってくる。

彼はなにも覚えていない。祖母を助けるときに大怪我をして、手術をしたあと、すべて忘れてしまっていた。それなのに、思い出しそうなそぶりを見せる。だから胸が痛くなる。彼の優しさも、人柄も、記憶なくす前となにも変わっていない気がしてならない。

「絵は……。絵はどうだろう」

真雪は彼が残していったスケッチブックをひらいた。

絵は——少し変わったかもしれない。この前のよりもここにある絵のほうがよりモダンで、色彩がはっきりとしている気がする。

中庭はあのときのまま。何も手入れをしていないのにラディッシュが生《な》っているのが切ない。あとは枯れたハーブが雑草となって無造作に地面を覆っているだけ。

『俺がサラダを作る』

そう言ってたくさん野菜を植えていた。嘘つき。嘘つき、嘘つき……。

「作ってくれなかった、作れなかった、もう作ってくれない」

ここにいると泣きたくなる。ここがあると、余計なものを求めてしまう。

「封印しよう。もう封印しないと。中庭を見えないようにして……ぼくの心も封印しないと」

売り物用に作ったニットやカップを出したあと、工房の扉に鍵《かぎ》をかけ、真雪はカフェから中庭へと出るガラスの扉の前に木製の衝立を置いて、上から釘《くぎ》を打った。

ミャアミャア、と驚いた様子でデコが真雪の足を前肢《まえあし》でつついてくる。

「ダメなんだよ、デコ、ここに入れないようにしないと」

そう、こうしないと、自分があのときのことを求めてしまう。あのときの時間をとりもどしたくなってしまう。ギルバートが好きで好きでたまらなかった時間。

記憶を失った彼に、あのときのことを思い出してほしいと思ってしまう。

けれどそれは残酷だ。彼はもう新しい人生を歩んでいるのだから。ルウミは彼とメアリーの子なのだから。

ぼくはただのベビーシッター。ルウミの病気を治すため、あそこに呼ばれたに過ぎない。部外者なのだから、これ以上、心を近づけてはいけない。

はりさけそうな思いを閉じこめようと、中庭への扉を封印したそのとき、電話が鳴った。

「すまない、急いで出かける支度をしてくれないか」

エドモンズからだった。

「え……」

「ルウミくんの容態が悪化した。ヘルシンキの病院に運ぶ。ヘリできみもきて欲しい。今から迎えをやる。輸血が必要なんだ」

「……わかりました」

自分のすべきこと、それはこれだけ。真雪は戸締りをすると、焼きあがったばかりのシナモンロールをバスケットに入れ、デコをカートに入れて外に出た。

あらかじめ、デコのパスポートを取っておいた。ＥＵ内であれば移動できる。

「行くよ、デコ」

冷たい風が吹いている。雪混じりの風だ。いよいよ本格的な冬になろうとしていた。

ルウミがヘルシンキの病院に数日ほど入院することになり、真雪は用意されたペット可のアパートホテルから病院へ通うことになった。彼に輸血をするために。

「あの……ルウミさまは」

「今回は輸血と放射線治療で何とか」

「……っ」

かわいそうに。どうして健康な子供に産んであげられなかったのだろう。

「真雪くんは骨髄移植のため、そろそろ抑制剤の投与を控えて欲しいんだ。今は、ギルバートに発情しないよう、抑制剤を常用しているよね？」

「え、ええ」

「だから彼にも、つがいの契約をした相手だとは知られていないんだよね」

「は、はい。あの……つまり抑制剤を飲んでいると、副作用かなにかでルウミさまに影響が出てしまうってことですよね」

それでなくても、無理やり身体の自然の機能を抑える発情抑制剤を飲んでいると、多かれ少なかれ副作用はあると聞いている。

「そうだよ」

「わかりました。では、いつから」

「そうだね、できれば十二月になったらすぐに」

「はい」

「年明けにルウミくんの手術をすることになるだろう。でないと彼の命は持って半年か一年か」

半年か一年……。めまいがする。椅子に座っているのに今にも倒れそうになりながら、真雪は診察室の壁に手をついて自分を支え、大きく息を吸った。

「でも移植が成功して、拒絶反応がなかったら、彼は何の問題もなく生きていくことができるんだ」

「はい、どんなことでも協力します」

「では、十二月から抑制剤をやめるわけだから、もう伯爵家に下働きに行くことはできないよ」

「あ、ルウミさまのベビーシッターも？」

「彼も入院しなければならないので必要ないだろう」

ギルバートの近くにさえ行かなければ発情しない。それなら、今までのように店をオープンして生活すれば何の問題もないだろう。

「あの……ぼくが突然変異のオメガだから、ルウミさまも身体が弱いのですか？」

「それはあるだろうね」

エドモンズは深刻な顔つきで言った。目の前が暗くなる。自分のせいだなんて。

「だがきみのおかげでルウミくんの命が助かっているわけなんだから。前向きになって」

優しくエドモンズが言ったそのとき、不意に聞こえた声に真雪はギクリと肩をすくめた。

「いいえ、あなたのせいよ、あなたが不完全なオメガだからルウミは病気なのよ」

扉が開いて現れたのはメアリーだった。部屋に響く甲高い声、ニットのワンピースにハイヒール。

それから手にはトレンチコートを持っていた。

「メアリーさま」

「ちょっとこっちへきて。話があるの」

　メアリーに連れて行かれたのは、病院からほど近い場所にある公園だった。

　湖が広がり、周りには枯れた木々が森のように広がっている。朝の光を浴びた湖の光が反射し、対岸を走る電車の窓が妙に眩しかった。

「ルウミの母親って、やっぱりあなただったのね」

「え……」

「安心して。ギルバートは知らないから。あ、彼は今日は仕事で遅れてくるわ」

「そう……ですか」

「それで話だけど、ルウミの骨髄移植が終わってからでいいから、私の世界から消えて欲しいの」

「わかってます」

「私の言っている意味、わかってるの？」

「おっしゃらなくてもわかっています。ぼくは猫と一緒に田舎に引っ越そうと思っています。そこで一人で暮らしていきます」

「そう、それなら話は早いわね」

　メアリーはバッグから分厚いユーロ札の束をだし、真雪に差し出した。

「引っ越し資金よ、足しにして」

「いえ、けっこうです。そのぶん、ルウミさまを愛してください」

真雪の言葉にカッとしたのか、メアリーはその札束で真雪のほおを叩いた。

「う……っ！」

「私に命令しないで」

弾みで彼女の手からユーロ札が飛び散り、風に乗って湖へとおちていく。

「あれは全部あなたにあげるわ。あれを持って、移植したあと、消えてちょうだいよ」

東の空を染めていた太陽が周囲の黄葉を色鮮やかに照らしていた。木々落ちた霜に反射し、目映《まばゆ》い光の洪水が朝の湖を包みこんでいる。

湖にひざまで浸《つ》かり、真雪は彼女が捨てていったユーロ札を集めた。

骨まで凍りつきそうだったが、それでもこれをもらうわけにはいかないので一枚も逃さずに集めようと必死になった。

晩秋の湖水が足を凍らせ、真雪は身を震わせた。

まだ朝早いせいか、ジョギングをしている人たちが数人。彼らは心配そうに真雪のいる湖畔へと集まってきていた。

「真雪、なにをしているんだ、そんなところで」

現れたのはギルバートだった。

「お金……落としてしまって」

「手伝うよ」

「いえ、いいです、そんな」

しかしあっという間に靴を脱ぎ、ギルバートが湖に降りてきた。

「すみません、こんなに冷たいのに」

「すごい金額だな」

「ええ、ですから拾わないと」

「これは、メアリーがきみに渡そうとした金だな」

「……っ」

「さっきすれ違ったときに言っていたよ、きみに大金を渡したと。なのにどうしてこんなことに」

「いえ……今は訊かないでください。水が冷たいので、早く集めましょう」

「そうだな」

一枚、二枚……と濡れたユーロ紙幣を集めていく。そのとき、ふっとギルバートが動きを止めた。

「どうしたのですか」

「何だろう、俺は……深い海か湖に落ちたことがなかったか？」

「————っ」

「この水の冷たさ……何なんだ、その向こうに別の俺が見える」

ギルバートが小首をかしげ、そこに映る自分を見つめる。真雪は息を止めた。

「どうしてそんなことを」

真雪は彼の言葉を探るようにギルバートを見つめた。

「思い出せそうなのに思い出せない。甘い香り、猫、花、それからショパン、ハーブの香り」

呟いたあと、ハッと我に返ったようにギルバートは湖を腰の位置まで進み、そこに浮かんでいた紙幣に手を伸ばしかけた。

「ぼくがやります、どうかギルバートさまは湖から上がってください」

「だめだ、きみこそこんなところにいたら」

「これはぼくの問題です」

水飛沫《みずしぶき》に髪まで濡らしながら、真雪は懇願するような表情でギルバートを見あげた。

「ぼくがメアリーさまに返すお金です。ギルバートさまは関係ありません」

「原因は俺だろう、なら関係はある。この男、この男がいつもきみと楽しそうに過ごす夢を見る」

ギルバートは水面にうっすらと映っている自分の顔に目をやった。

「これは……誰だ？」

記憶喪失ゆえの混乱だろうか。真雪はやるせない気持ちで答えた。

「それは……あなたです」

真雪の言葉に、ギルバートが首を横に振る。

「いいや、これは俺じゃない。これは、夢のなかできみと親しくしているもう一人のギルバートだ。いや、俺に似た誰か、別の男なんだ。毎夜、きみと楽しそうに過ごしている。絵を描いて、シナモンロールを食べて、それから猫を抱いて、笑っている。きみとキスもしている、それ以上のことも」

ギルバートは切なげに湖に映る自分の顔を見つめた。夢……でもきっとそれは過去の彼だ。でもその夢を、それは過去です、と伝えることはできない。

「夢は……夢です、さあ、こんなところにいたら二人とも風邪をひいてしまいます。あなたが風邪をひいたらルウミさまはどうなるのですか」

「そう……だったな」

ギルバートの脳内に存在している過去の彼。会いたい。ものすごく会いたい。会って抱きしめてキスして、ルウミはぼくとあなたの子供だと伝えたい。二人が愛し合ってできた子供なのだ、と。

「夢は夢でしかないのですよ」

真雪は独り言のように言った。

「彼をこのまま眠らせてあげてください。現実のあなたではありませんから」

祈るように告げる。本当は目覚めてほしい。記憶の底から。ずっと押し殺してきた思いが胸の底からあふれそうになるのを必死に止める。

「さあ、ルウミさまのために温まって。もうお金は全部集まりましたから安心してください。あなたは大事な息子さんのところへ」

胸の思いを絞り出すように真雪が言うと、ギルバートは息をついた。

「わかった、そうするよ」

「これはぼくがメアリーさまに返しに行きます。受け取るわけにはいかないので」

「……きみは淋しくないのか？」

「え……どうして」

真雪は目を見ひらいてギルバートを見上げた。

「あ、いや、そうだったな。愛する相手と子供がいるんだったな」

「ええ、そうです。ぼくは幸せなんです」

空から雪が降り始めた。ギルバートは自身の体軀で雪風から庇《かば》うように真雪を肩を抱き、岸辺へと進んだ。

ヘルシンキの街は雪に染められようとしていた。


そのあと病院にむかったギルバートと別れた真雪は街中のショッピングセンターに行き、着替えや封筒など必要なものをそろえた。ジンジャースープを飲んで身体をあたためたあと、すぐ後ろにあるホテルにメアリーを訪ねた。

しかしあいにく彼女は不在だった。ロビーでしばらく帰りを待とうとしたが、今日は戻りが遅いとフロントに告げられた。もしかしてギルバートと病院で会っているのかもしれない。

「あの……では、これをメアリーさまに。お願いします」

ユーロ紙幣を入れた封筒をフロントに預けたあと、真雪はトボトボと自分のアパートホテルに戻ってデコにご飯を出した。

熱いシャワーを浴びて身体を温め、真雪はデコをベッドの上に寝かせて、財布を手に外に出た。向かいのパン屋でサンドイッチでも買おうと思ったが、あいにく休みだった。

「他にどこかあったかな」

空腹だ。なにか食べよう。骨髄移植をするのだから、健康にならなければ。

ルウミのために体力をつけなければと思って店を探していると、小高い坂道の向こうに「石の教会」が姿を見せた。ギルバートと出会った場所だった。

「今日はこれからパイプオルガンのコンサートとミサが行われるんですよ」

誰かが話をしているのを耳にし、真雪は釣られたように中に入っていった。

暗い入り口。天然の岩盤を掘って作られたなかは、ほんのちょっとした音でも反響しやすい。

天窓からさす外の淡い光を浴びながら、椅子に座ってパイプオルガンの音色に耳を傾ける。

耳の中にはさっき聞いたエドモンズとメアリーとギルバートの声が交互に聞こえていた。

『それはあるだろうね』

『あなたが不完全なオメガだから、ルウミは病気になってしまったのよ』

申し訳ない。自分が親でさえなかったら。

『遠くに消えて』――メアリーの声。わかっています。遠くに消えます。

『これは俺じゃない』――いいえ、過去のあなたです。

ギルバートの声も混じり、いろんな声が脳内で次々と響き、真雪は心の中で必死に言葉を返していた。

「……っ！」

身震いを覚え、真雪は無意識のうちに手を合わせて祈っていた。脳内に響く彼らの声に全身をがんじがらめに縛りつけられるようだ。

真雪はきゅっと固くまぶたを閉じて強く祈った。

どうかルウミを助けてください。少しでもあの子を健康にしてください。

メアリーがあの子を愛してくれますように。ギルバートがみんなと幸せになりますように。

（どうかどうかお願いします）

本当は心のどこかでギルバートが過去を思い出し、自分を愛してほしい、という気持ちでいっぱいになっている。

（でも……そうなったらメアリーさまはどうなるのか）

もうすでに彼女とギルバートは結婚しているのだ。愛し合っていなかったとしても、彼らがルウミの両親なのだ。だから忘れるんだ。ぼくは部外者でしかない。

ぼくは移植手術さえ終わったら、もう彼らの前から消える。

だからどうかどうか。心の奥底で、愛を求めてはいけないと何度も何度も自分を説き伏せる。

けれどギルバートが見ている夢が意識の底で独り歩きし、答えの見えない未来の謎のように真雪の心を襲う。

（もし、もしも彼が思い出したら）

ああ、そうしたら彼はどうするのか。きっと思い出さない方がいいのではないのか。

メアリーはだから、真雪に消えてほしいと言っているのでは……。

真雪は手のひらで口元をおさえて息を殺した。

湧き起こる想いを振り払おうとするのだが、頭に浮かんでくるのは、ギルバートの夢——過去の幸せだった二人の時間。

古いタリンの町の、中庭での二人だけのあたたかな優しい時間だけ。

ああ、あの時間のまま止まっていたら、どれほど幸せだろう。

どうして……二人には別々の未来が存在するのだろう。

今にも泣きだしたい衝動に襲われたそのとき。

「——真雪？」

ふいに耳に響いた声に、ぎくりと首をすくめる。

「……っ！」

はっと我に返ると、目の前にギルバートがいた。真雪は夢から覚めたような顔で見あげた。

「さっきから何度か呼んだよ、なにをそんなに熱心に祈っているんだ」

「え……」

「もうミサもパイプオルガンのコンサートも終わっているのに」

ハッと見まわすと、辺りには教会の職員らしき数人だけ。

「やはり運命だな。こんなところでもまた会うなんて」

心を静かにさせる声の響き。この声の低さ、耳に染みこむときの鼓膜にうける静謐《せいひつ》な振動が今でも愛しくてしかたない。

「……そうでしょうか」

愛しさを胸に抑え込み、真雪は周囲を見渡した。

「どうしたんだ？」

「ヘルシンキは狭い町です。湖もここも観光名所。偶然でも運命でもないと思っただけですよ」

「そうかもしれない、でも同じ時間に同じ場所に来るのはやはり運命だからだよ」

ギルバートは床に膝をつき、真雪のほおに手を伸ばしてきた。あたたかな指先がそっと触れ、その儚いまでの温《ぬく》もりに真雪は胸が甘く疼くのを感じた。

よくそうやってくれましたね。ちょっと考え事をしていると心配そうに。そうされるのがぼくはとても好きでしたよ。皮膚に溶けるようなあなたの温もりがすごく好きでした。

いいえ、今でも好きです。

「どうしたんだ？」

口を噤《つぐ》み、真雪はかぶりを振った。

「あ……いえ、何でもありません」

言いかけたそのとき、ふいに身体が熱くなってきた。明らかにこれまで感じたことのない熱く、それでいて甘ったるい疼きに真雪は愕然とした。どうして。薬を飲んでいるのに。

「……っ」

「大丈夫か、発情期なのか」

どうしよう、身体が。副作用が心配なので薬を減らしていたせいだ。こんなにはっきりとこの人に反応してしまうなんて……。

「すみません……多分……そうなんです、だけど……抑制剤……ダメなんです、飲めないんです」

困った……。このままだと……。薬はもう飲めない。ルウミのためにも。

「つがいがいるんじゃないのか、それなのにどうして俺に発情する」

真雪の腕を彼がひき掴む。それだけでさらに発情が激しくなってきた。

「う……っ」

「答えてくれ」

「それは……つがいの契約は解消して、この傷跡だけが残っていて。そんなことはもうどうでもいいから……お願い……っ……抱いてください」

真雪はギルバートの襟をつかんだ。自分でも信じられないほどの強さで。

「抱いて……って？」

「死ぬわけにはいかないんです、お願い、すぐにぼくを抱いて。そしてこの発情の熱を止めてください、お願いします」

こんな情熱が自分にあったなんて。すがりつく真雪に圧倒されたようにギルバートが浅く息を吸い、背中に腕をまわしてきた。

「わかった、俺もきみを死なせたくない。それに……きみを抱きたい」


きみを抱きたい……と言われただけで、さらに熱を煽られそうな気がしたが、真雪はあと少しだからと自分に言い聞かせて必死にそれに耐えた。

「五分だけ我慢しろ」

真雪を抱きかかえるようにしてギルバートは教会を出ると、その前に停めていた自身の車に乗せてすぐ近くにある湖の前にむかった。

「ここのアパートホテルに泊まっているんだ。俺の部屋に行こう」

ホテル？　なにを言われても朦朧《もうろう》としていてよくわからない。ギルバートに抱きあげられ、そのまま彼の部屋のベッドに横たわらされ、真雪はようやくほっと息をついた。

「今からきみを抱く。だが俺は……記憶を失って以来、誰とも寝たことがない。よくわからない、きみも手伝ってくれ」

「わかり……ました」

ああ、彼に抱かれるのだと思ったとたん、ジンと甘酸っぱい痺れが腰のあたりに広がっていくのを感じた。

数年ぶりの行為。ただ一夜だけ乱れに乱れたあの夜から、真雪は誰にも抱かれていない。

衣服を脱がされ、彼も衣服を脱ぎ、上からのしかかってくる。

「乳首……勃っている」

ギルバートがキスをしてくるだけで乳首が尖る。彼の舌先につつかれるたび、甘酸っぱい痺れがさらに強くなり、腰が勝手によじれてしまう。

「あ……っああ……ああっ」

乳首に触れられているだけなのに怖いくらい敏感に反応してしまう。欲しくて欲しくてどうしようもない。

「これは……この傷……手術の痕では……」

そのとき、彼の指先が腹部をなぞり、真雪はハッとした。

「そうか。妊娠して出産したことがあるのだったな」

真雪は息を呑んだ。記憶喪失の彼は、そこにある傷跡がルウミをとりだしたときのものだとは知らないし、それは口にできない。

「つがいはどんなアルファだった？　その男の子供がここにいたのか？」

「……っ」

「その男が初めてだったのか？」

「……はい」

「俺に似ていたか？」

「……いえ……」

「愛していたのか？」

「はい……」

「どんなやつだった？　きみはどんな男を愛したんだ？」

傷跡を指先でなぞられると、それだけで肌が張り詰めたようになり、乳首はぷっくりと膨らみ、性器からも異様なほどの蜜が滴り落ちていく。

「相手は……あなたとは正反対の……平凡な……ひとでした」

「そういう男が好きなのか」

「はい……」

「今、その男は？」

「海……海に落ちて……もう」

「死んだのか」

「はい」

「その男との子は？」

「あちらの親族に……」

「そのあと、他のアルファにここを許したことは？」

彼の手が足の間に伸び、後ろの孔へと伸びてくる。すでにそこは物欲しげにひくひくとヒクつき、彼の指に触れられただけで疼き始めていた。

「そんなこと……あなたに……関係ありません……」

「知りたい、教えろ……」

「そんなことより……さっさと突っこんで。そこを犯して……くださ……」

もう耐えられない。これ以上、押し問答をしていたら頭が熱でどうにかなってしまう。

「お願い…早く！」と真雪は狂ったように叫んでいた。

「……ここ……ここに俺を挿《い》れていいのか」

「ええ……早く……っ！」

「ここにそのアルファを受け入れて……孕んだのか？」

「はい」

そう言った次の瞬間、足を大きく広げられ、そこに彼のオスを埋めこまれた。

「ああ……ふ……っ」

こじ広げられていく痛みに、粘膜がひきつりそうになったのは一瞬のことで、すぐに真雪の内壁は淫らな収縮を始めてギルバートのそれを呑み込んでいこうとしている。

「……っああっ、ああっ、だめ……苦し……ふ……っ」

ずぶずぶと淫靡《いんび》な音を立ててぬめりを帯びた粘膜の奥へと挿りこんくる猛々しい肉塊。肉がこすれあい、内臓の奥深くに挿りこんだものが体内でどくどくと脈打っている。

「ああっ……っ」

あまりの心地よさに内腿がわななく。数年ぶりの侵入だけど、まるでずっと彼に使われていたかのように、真雪の肉はすっぽりと根元まで彼を受け入れて悦びに痙攣している。

「ああっ、あああっ」

「すごい……きつい……だが、すごくいい」

「気持ちいい……ですか？」

「ああ、最高だ。妖しく締めつけるだけでなく……ぬるぬるとして、あたたかくてやわらかくて」

「よかった……」

「きみは？」

「ぼくも……ぼくも気持ち……いい……です」

愛している、こうしてつながるといっそうこのひとへの思いが募る。今も変わらず、このひとが好きだ。変わらない気持ちで胸がいっぱいだ。きっとこの人の本質は同じまま。だから愛しいのだ。

メアリーさま、ごめんなさい。ごめんなさい、ごめんなさい。

「……っ」

「なにを泣く」

「思い出して……かつて愛しあったひとのことを」

「よくもそんなことを……きみは残酷な男だな」

「あうっ」

ギルバートが荒々しく突いてきた。

ぐいぐいっと鬱積《うっせき》を吐き出すかのように押しこまれ、頭が沸騰《ふっとう》したようになってくる。いびつなセックス。でも無性に心地いい。あまりの快楽に感じすぎてどうにかなってしまいそうだ。

真雪はいつしか自分から腰をゆすり、彼の律動に従っていた。

「ん……っ……っ」

どちらから求めるともなく、いつの間にかキスをし、互いの乳首がこすれて押しつぶしてしまいそうなほど肌を密着させている。

「ん……ああ……ふっ」

「……っ」

真雪の腰を荒々しく引き寄せ、ギルバートが絶頂を迎える。体内に注ぎこまれる熱いもの。それが粘膜へと溶けていく瞬間、真雪もあまりの心地よさに達していた。

これが発情期のセックス。こうしてオメガはアルファの精を受け入れて子供を宿すのだとぼんやりと意識のなかで実感しながら、真雪はようやく熱が引いた肉体にほっと安堵《あんど》していた。

「………っ」

今回は以前のような症状にならなかった。

(そうか……あれは突然変異型から本当のオメガに変わったから)

本当のオメガになった今、そのようなことが身に起きることはないのだろう。その代わり二十歳を過ぎても生きることができているのだ。


「ありがとうございました。おかげで助かりました。シャワー、お借りしました」

軽くシャワーを浴びたあと、衣服を身につけて部屋から出て行こうとする真雪をギルバートが呼び止める。

「冷静だな。さっきはあれほど燃えたのに……」

「それが発情期です。肉体だけのことだから、終わったら冷めてしまうんです」

そう本当に肉体だけのことならどんなにいいだろう。

「待て、食事にでも行こうか」

「でも」

「きみの発情期に協力したんだ。腹が減った。そのくらいの礼はしてくれ」

「わかりました」

「この先にあるシベリウス公園の湖の横になかなかいいカフェレストランがあるんだ」

「くわしいんですね」

「好きなんだよ、この風景」

冬のヘルシンキはすぐに日が暮れる。ホテルを出ると、原生林に囲まれた湖が夕暮れのなか、薄暗い闇《やみ》の中に沈んでいた。

いつしかしんしんと雪が降り続いている。雪に包まれ、街は静けさに包まれていた。シベリウス公園は、枯れた原生林に包まれ、暗い森のようだった。その奥の入江も海の底のようだった。完全に光を失った空間……といえばいいのか。

鄙《いな》びた海沿いの光景と予想外の静けさに心細さを感じなくはない。荒涼とした大地に、枯れたマツが白い木肌を見せたさまはこの世の果てのような光景ともいわれている。

彼の案内してくれた場所は入江と公園に挟まれたコテージのような小さなカフェだった。

ジンジャースープとサンドイッチを食べたあと、ギルバートは真剣な顔で問いかけてきた。

「真雪、本当のことを教えてほしい」

「え……」

「頼む、それだけ知ったら、俺はメアリーとルウミと幸せな家庭を作る。約束するから」

「は、はい」

真雪はうなずいた。

「教えてほしい、俺はかつてきみと愛し合っていたのか？」

その言葉に真雪は息を止めた。

「どうして……そんなことを」

「抱いたような記憶がある。きみの匂い、肌の感触……さっき抱いたとき、なつかしさと愛しさがこみあげてきて、きみが以前から自分のものだったような気がした」

失った記憶の向こうに真実が見えるのですか？　ええ、ぼくはあなたに愛されました。あなたしか愛していません。二人はつがいです。でも言えないんです。

「それだけ……教えてほしい。真実ならそれでいいから」

許されるのだろうか、それを口にしても。

それとも、潔くギルバートのもとを去るためにもそれを口にしないべきなのか。

「わからないのか、俺の不安が」

「不安？」

「愛してもいない女との間の子と聞かされ、その子を愛せるのか？」

「では……ぼくとの子だとしたら？」

「愛せる」

涙があふれそうになるのを懸命にこらえる。

「それではルウミさまがかわいそうです。母親が誰であろうと、彼はあなたの子供じゃないですか」

「そうだ」

「母親の分も愛してあげてください」

「なら、きみが母親になってくれ」

「そんなこと言わないでください、あなたはひどすぎます」

彼の前から消えよう、そう思った。ルウミへの移植を済ませたあと、消えなければ……。

「ごめんなさい。発情を助けていただいたことには感謝しています。でもそれと好き嫌いは別です。あなたとは前にも言ったように、雇用主と使用人、それだけの関係です。ルウミさまともそれ以上の関係は望んでいません」

真雪は立ちあがると、店の外に出た。後ろからギルバートが追ってくる。

「待ってくれ」

彼を無視し、湖の上を通る橋の上を早足で歩いていく。雪はすでにやんでいて、見あげるとうっすらと遠くにオーロラのような光が見え、真雪は足を止めた。

「オーロラ……」

「見えるのか、ここからでも」

「ヘルシンキから見えるときもあるというのは聞いたことがあります」

森の奥の入江の際に立ち、遠くの空で揺れるオーロラを見つめる。

「どうか教えてくれ、さっきの質問の答え」

「答え……」

自分の身体を抱き、真雪は身震いした。

ギルバートはマフラーを取って真雪の首元にふわりと重ねた。首筋に溜まる暖かな空気。紺色のマフラーの先を握り、真雪はその顔を見上げた。

「さっきも言った通りです。「あなたと愛しあったことはありませんし、ぼくはあなたとは縁もゆかりもない人間です。ぼくは別の男のつがいで、そのひとの子を産みました。あなたではありません」

その答えに絶望的な表情をギルバートが浮かべる。

「本当にそうなんだな」

「はい」

「ではどうして俺は君に惹かれるんだ」

「わかりません」

「俺は……きみに惹かれている」

「でも……ぼくはあなたに惹かれていません」

きっぱりと言ってマフラーを返す。ギルバートの表情はもう見えなかった。

ものすごくひどいことを言っているのはわかった。

そのとき、胸の底に流れこんだ冷たい空気が血管の下に沈殿しているような、そんな感覚をおぼえたが、それでも冷たさに耐えることしか考えられなかった。

7　愛する家族

ヘルシンキのひんやりとした雪混じりの風、湖の凍ったような冷たさが身にしみる気がした。

絶対に親子だと名乗らない――という約束のもと、伯爵家で働くことを許されたのだから、ギルバートの記憶が戻らないかぎり、真雪から口にすることはできない。

それに今はとにかくルウミの病気が一日も早く回復することを祈らなければ。

十一月末、ルウミは退院してタリンにもどってきた。

エドモンズに、抑制剤を飲んでも発情期のような症状が出てしまったことを相談すると、彼はそんな症例はめずらしいと首をひねっていた。

「ホルモンバランスのせいなのか、少し他のオメガとは違うのかもしれないね。きみのような突然変異のオメガはまだ症例が少ないからなにをしたらいいのかわからない。この先、ギルバートと会うのは、極力、控えたほうがいいだろうね。一応、彼の屋敷に顔を出すギリギリまで抑制剤を飲んで」

「わかりました」

「ところで、カーライル伯爵が感心していたよ」

「え……」

「ルウミくんの件だよ。きみが作ったものなら全部食べるし、いい子になったと。伯爵にも優しい言葉をかけるようになった。元気になったらピアノを習いたいと言い出して。きみはあの子にどんな魔法をかけたんだ」

「魔法なんて。彼はもともと優しくて聡明《そうめい》な子供なんですよ。アルファなので三歳にしてはとても利発で、理解力があります。だから愛を込めて接すればいいだけだったのです。でも誰も愛をそそげなかった。だから気難しく感じられただけです」

「なるほどね。さすが母親の愛は違うね。いや、母としての愛だけではない。ギルバートに対してもそうだ。きみが現れたとたん、ヒッピーのような姿から英国紳士のようになって人前に出てきて」

「ギルバートさまも？」

「そうだ。記憶喪失なのに、記憶があったころのような言動……。きみに会うまでは、無口で頑固でひたすら絵ばかり描いているうさんくさい芸術家のようだったのに。ルウミくんも赤ん坊のころは、ルウミとあだ名をつけて可愛がっていたが、メアリーとの子供だと聞かされてからは近寄らなくなって。まあ、今もメアリーのことは嫌っているようだが」

「でも社交界のニュースでは、彼とメアリーさまはとても仲のいい英国貴族夫妻として紹介されていました」

「ああ、体面上、社交界での用事があるときはね。だが二人の間に愛が芽生えることはなかった。そもそもギルバートはエストニアにくるまで、人生に何の興味もないような死んだような顔をしていたよ。記憶を失ってから、精神的なバランスもうまくとれないみたいで。なのに、ここにきて、髪を切ったあとからは、以前のような彼に戻って、今では記憶喪失なのが嘘のようだ」

「本当ですか？　ぼくは髪を切ってからの彼と再会したので……死んだようとか、人嫌いとか言われてもわからなくて」

「だろうな。だが、本当にそうなんだ。だけどルウミくん同様に彼も一瞬で変わってしまった。それもきみの愛の魔法か？」

　デスクに肘をつき、エドモンズが皮肉めいた口調で言う。

「さあ、ぼくには……」

「そんな二人の姿を見て、伯爵は後悔しておられるよ。良かれと思ってメアリーと婚約させたが、結局、誰も幸せになれなかった。本来、メアリーがすべきことをきみがしていると。なら、最初からきみとの仲を認めればよかったと」

「それならどうして反対を。ギルバートさまは苦しんでおられますよ。嘘の過去を教えられ、それが自分の過去だと思いこまされて」

「伯爵の悲願だったんだよ、メアリーとギルバートが結ばれるのは」

「どうして」

「若いころ、伯爵はあるオメガと恋に落ちたが、婚約者がいたので、つがいの誓いをする前に無理やり別れさせられたんだ。その結果、相手のオメガは別の貴族の男のつがいにされ……そしてできたのがメアリーだ」

「では……ギルバートさまとメアリーさまを結婚させたかったのは……」

「そういうことだ。伯爵とギルバートの母親との間に愛はなかった。母親はそのせいで気鬱になってエストニアに療養にきていた時期があった」

　ああ、それで子供のころの彼はいつも淋しそうだったのだ。母親とうまくいっていないようなことを呟いていたし、真雪の家族をうらやましがっていた。

「そういえば、ギルバートも当時はルウミくんのようだったと。暴れん坊で動物ばかり追いかけて。でも母親に可愛がっていた猫を捨てるように言われ、家出して……それからあと、少し人間らしくなったんだ。暴れなくなったし、勉強も真面目にするようになって……いつか立派になってエストニアにもどってくるのが夢だと言うようになったと……伯爵がおっしゃっていた」

あのときだ。あれが家出だったのだ。そして夢というのは……。

「ギルバートさまは、ぼくと会うために……ぼくと再会するためにがんばられたんですよ」

「きみと?」

「その猫、ぼくが育てているんです。ぼくたちは猫を通じて知りあって、そして……そのころから惹かれあっていたんです。ぼくとギルバートさまは、もうそのときから愛しあう運命だったのです。それなのに……」

「だけどもう遅い」

涙がこみあげてきた。

そう、もう遅い。彼は記憶を失ってしまった。もう別の女性と結婚してしまった。

「ええ、ええ、もう遅いです。もうどうしようもない。どうにもならないじゃないですか。メアリーさまを傷つけて、ギルバートさまに嘘の過去を教えて……あなたたちは自分たちがどれほど残酷なことをしたのかわかっているのですか」

真雪はいつになく激しく言った。あまりにも哀しくて悔しかったからだ。

「わかってる。痛いほどわかっている。だけどもう進むしかない。今はただ、ルウミくんの病気が良くなるよう、伯爵も私も精一杯尽くすつもりだ」

どう気持ちの整理をつけていいかわからない。

今ごろ、伯爵が後悔しているというのなら、どうして最初から自分たちの仲を認めてくれなかったのか。

（いや、まさかここまでこじれるとは……伯爵も思いもしなかったのだろう）

きっと彼が手放してしまった恋をとりもどすかのように、記憶喪失になったギルバートとメアリーが愛しあって、そしてルウミを育ててくれると思ってやったことだったのだろう。

でも、これでようやく納得した。

どうして伯爵がそこまでメアリーとギルバートを結婚させたかったのか。身分、貴族同士のしがらみに一番苦しんだからこそ良かれと思って。

（だけど……結局、その思いは逆方向に進んでしまったけれど）

それに真雪がその話を知ったところで、それをギルバートに話すことはできない。

ルウミにも。

今はただメアリーと約束したとおり、ルウミに骨髄移植をしたあと、自分が彼らの世界から消えるだけ。

そう決意し、ルウミの退院とともに真雪もデコとともにタリンにもどった。

その翌日、凍らせていた苺を溶かして、心を込めて最高に美味しい苺のシナモンロールとフルーツタルトを用意した。

年明けに骨髄移植を受けるため、ルウミは地元の病院で療養することになっていた。

そのため、伯爵家でルウミを囲んでのホームパーティが催されることになり、そこに真雪も招待された。

その日を最後に真雪は伯爵家に顔を出さないことにしていた。

というのも、もう抑制剤を飲めないからだ。だからベビーシッターの仕事も含め、ギルバートのそばには行かないようにと言われている。

「あのメアリーさまは？」

真雪は邸内をぐるりと見回した。メアリーの姿がない。

「ああ、メアリーはロンドンに帰ったよ。エストニアは刺激がなくてつまらないらしい。父が主催するパーティに顔を出すとか出さないとか」

パーティの会場にはルウミとギルバートと、それから数人の使用人しかいなかった。メアリーはやはり愛してくれないのだろうか、ルウミのことを。

「苺のシナモンロール、ありがとう」

ルウミは真雪に会うとにっこりとほほえみかけてきた。

体調が悪いのか、顔色が良くないけれど、頑張って元気にしようとしているところがいじらしくてとても可愛く感じられた。

「そうだ、今日はルウミさまの大好きなショパンの音楽もかけようと思って持ってきたんです」

ギルバートのいる前でショパンをかけるのは緊張した。彼の記憶を呼び戻すきっかけになってしまったらどうなるのか。でもそのほうがいいのだろうか。いっそすべてを思い出したほうが彼にとって良いのではないか。

けれどその四年を彼はどう思うだろう。

そんな不安を抱いたが、ショパンのピアノ曲を聴いてもギルバートは「こういう曲は好きだ」と口にしただけでそれ以上、なにか思い出すような感じはなかった。

「退院したら、ルウミにはピアノを買ってやろうと思う」

「わーい、オレ、ピアノ、がんばるね」

ギルバートとルウミは以前よりもずっと親子らしくなった感じで、それだけでも少しはよかったように感じた。

パーティはルウミの部屋で行われた。彼のベッドの前に小さな丸テーブルをおき、そこにパンとケーキを置いてみんなで食べるような形で。

「このシナモンロールとケーキ、お兄ちゃんがオレのために作ってくれたの？」

舌足らずの愛らしい声で訊かれ、真雪は笑顔でうなずいた。

「はい、ルウミさまに食べて欲しくて」

「わあい、苺がたくさん。ホワイトチョコレートもあるよ」

切り分けられたパンとケーキを嬉しそうに食べていく。

「あの……さしでがましいかもしれませんが、これをルウミさまに」

真雪は、これまでいつかルウミに渡せることを夢見て作ってきたエストニア工芸の雑貨をもってきていた。

手編みのミトンとお揃いのセーター。それからレース編みで作ったベッドカバーだった。厚かましいと思いながらも、自分にできることと言えばこのくらいなので。メアリーが嫌がったらやめておこうと思ったが、いないのならば渡してもいいだろうか。

「ええっ、すごい、いいの？　お兄ちゃん」

はしゃいだ声で言うルウミが愛らしい。最初に出会ったころの野生児のような雰囲気はない。ふっくらとしたほおも、雪の精のように白い肌も金髪も何もかもが本当に絵画に描かれる天使のように愛らしい。この可愛い男の子が自分の子供なのだと思うとものすごく不思議な気持ちになる。

「喜んでもらえてとても嬉しいです」

ギルバートが不思議そうにミトンやカバーを見つめる。

「これは……大変凝った作りだ。ずっと前から作っていたものじゃないのか？」

「ええ、はい」

真雪はうなずいた。

「どうしてそんな大切なものをルウミに。一年くらいかからないと作り上げられないだろう、こんなにも凝ったレースのカバーは」

「ご迷惑ですか？」

「いや、そうではない。だが、きみにも子供がいるのだろう？　これはきみの子供のために作ったものではないのか？　愛情にあふれている」

「子供はもういないんです」

「いない？　どうしたんだ？」

「前にも言ったように……オメガなので、親権がなくて。子供は自分では育てられないんです」

ウミさまに」
「だからこそご迷惑でなければもらってください。誰かに使って貰うほうが嬉しいんです、だからル
「そういうことか」

真雪が言うと、ルウミは手をあげて喜んだ。

「わあい、嬉しい。オレ、お兄ちゃんが作ったもの見たかったんだ。元気になったらカフェに行ってもいいよね？　そこでいろんなこと教えてくれるんだよね？」

「え……」

「もう手を噛んだりしないから、いっぱい教えて」

「こら、ルウミ、口説くのは早いぞ」

ギルバートが拳でコツンとルウミの頭を叩く。

「えっ、そうじゃなくて……そうじゃなくて、なんかお兄ちゃんといると、ふわふわとした幸せな気持ちになるんだ。とってもとっても。だからもう暴れたくもないし、人を殴ったり噛んだりしたくないんだ」

それは……無意識のうちに母親だと気づいているということなのか。そして噛んだり暴れたりしていたのは、愛情に飢えていた心の裏返しだったのか。

「もしかすると、俺に似てこの子もカンがいいのかもしれないな」

「え……」

「そうかもしれないと感じたことは結構いい結果につながると言っただろう？　この子もそうだ。きっときみはとてもいい人で、きみが大好きなんだよ。だから温かくて優しい空気を感じるんだ」

「それなら嬉しいですが」

真雪は微笑した。言わなくても、伝えなくても、嘘をついても、それでも自然と伝わることというのがこの世にはあるのだと思った。

言葉にしなくても、愛とか思いやりというのは空気を伝って相手に流れているのかもしれない。このレース編みのベッドカバーもセーターもルウミのために作った。会ったこともなかったし、顔も知らなかったけれど、きっとこうなんだろうと思って作ったものが、とてもルウミの雰囲気と似合っている。知らなかったのに、知っていたかのように。

それはきっと愛があったから。

この子に会いたい、この子が愛しい、ギルバートに会いたい、ギルバートが愛しい。

そんな気持ちが自分のなかにあったから、不思議なほどこの子の世界に、自分の作ったものが合うのだと思った。

多分、ギルバートが無意識のうちに真雪の作ったシナモンロールをおいしいと感じたのもそうだ。そこにはギルバートやルウミへの愛が込められていたから。

だからきっと彼はその愛を感じ取っておいしいと感じて。それがメアリーの心とプライドを傷つけたのだろう。それが今なら明確にわかる。

「ルウミ、着てみようか」

ルウミのベッドに真雪の作ったレース編みのカバーが掛けられる。そして真雪の編んだセーターを着たルウミがフルーツタルトを食べてくれる。こんな嬉しいことがあるだろうか。

「オレ、明日から入院して、元気になったら、お兄ちゃんと結婚したいな」

「ありがとう、でも年が違いすぎるよ」

親子三人。自分だけが真実を知っている。親子だと知らないまま、三人でシナモンロールとフルーツタルトを食べ、その日は楽しい午後のお茶の時間を過ごした。

窓の外にはいつしか雪が降っている。ルウミという彼のあだ名と真雪の名前と同じ雪……。

エストニアでその年初めての雪だった。

淡くてすぐに消えてしまうような儚い存在だけど真っ白なもの。

これから本格的な雪の季節がやってくる。クリスマスはもう近かかった。


「――ねえねえ、デコ、昨日はとっても幸せだったよ。あの時間は、一生分の、幸せの貯金のようなものだったよ」

ルウミの入院とともに真雪は伯爵邸に通うのをやめ、カフェを再開した。

長い間、休んでいたので、もう客は来ないかと思っていたが、真雪のシナモンロールをずっと待っていたかのようにまた顔を出してくれる客がいてとても嬉しかった。

「クリスマスのあと、引っ越すかもしれないのですが」

「そう、移転するの？　それなら買いに行くわ。ここのシナモンロールを食べたら他のは食べられないから」

「どこに行ってもお店は続けてね」

そんなふうに言ってくれる客がいることに感謝した。

メアリーと約束したように、ルウミの手術が無事に終了したら、ここをひき払ってデコと一緒にどこか違うところに引っ越そう。そうすることでメアリーがせめてルウミとギルバートを愛してくれたら。彼女も被害者なのだから。

（そう、せめて……自分にできることを）

だからこそ、ここにきてくれる人たちに感謝をこめ、以前よりもおいしいシナモンロールを作ろうと必死になった。

いずれにしろクリスマスが終わり、年が明けたら真雪はドナーになるため、数日間、入院する。

その間、デコのことは、隣の家の夫婦に頼んでおくことになった。

けれど淋しい思いをさせる分、今のうちに可愛がっておこうと、それまではできるだけデコと過ごすようにしていた。

外は雪がしんしんと降っている。夜になり、街がライトアップされ始める。

タリンほど夜景の美しい街はないと、旅行者たちが言うが、本当に雪景色の中でライトアップされたタリンの街ほど美しい都市はないだろう。

そうして夕飯を食べ終えたころ、ミャア、とデコが戸口に近づいていった。

「あ……」

戸を開けると、そこにギルバートがいた。

「どうされたのですか」

「きみに会いたくなった。ダメか？」

切なげに言われ、口ごもってしまった。

「あ、いえ、あの……寒いので、どうか中に入ってください」

真雪はギルバートをカフェに招き入れた。髪やコートに雪が積もっている。

「……メアリーと正式に離婚することになった」

「え……り……離婚て……」

「どちらにも不幸な結婚だったからな。彼女と離婚したあと、きみにプロポーズしたいが、いいだろうか」

いきなりのギルバートの言葉に真雪は耳を疑った。

「な……どうして……急に」

「わからない。でもきみに惹かれているんだ。好きだという気持ちを抑えられない」

「そんな……待ってください……」

言いかけた瞬間、真雪は身体がふいに熱くなるのを感じた。発情期だ。真雪はギルバートにしか発情しない。もう発情抑制剤を飲んでいなかった。

「……っ」

「この匂い、発情期なのか？」

「すみません、あの……抑制剤を飲みます」

いや、ダメだ、抑制剤は飲めない。そして気がついた。ルウミがいるときは発情しない。二人きりになったときだけ発情してしまうということに。

「やはり俺がつがいの相手なんだな。そうでなければならないだろう」

「いえ、違います」

「それ以外、考えられない」

「どうして」

「本能できみに惹かれる。過去に俺はきみを愛していたんだ。それ以外、考えられない。きみ以外に俺も情欲がわかないし、誰も好きだと思わない。記憶喪失になって以来、誰一人、好きになれなかったのに」

「ギルバートさま……」

「もうわかった、記憶を失う前、俺はきみと愛しあっていた。そしてできた子供がルウミなんだ。そうでなかったから、きみがドナーになれるわけがない」

「え……」

「医師の診断書にきみの名前が書かれていた。エドモンズが見せてくれた」

「……っ！」

「言え、言ってくれ、きみがルウミの本当の親なんだな」

どうしよう。言葉が出せない。ただ息を震わせ、身体をこわばらせることしか。

「どうして本当のことを言ってくれないんだ、嘘ばかり」

「それは……」

「俺が好きじゃないのか？」

「……っ」

「答えてくれ」

「無理……です」

「父かメアリーになにか頼まれたのか」

「いえ……」

「そうなんだな、俺とは他人のふりをして、ルウミの輸血と骨髄移植だけをしてほしいと頼まれたんだな。父だな、そんなことを口にするのは」

「違います、違います」

「うそだ、君は嘘ばかりついている」

「いえ、違います」

「では、これは何なんだ、きみの匂いは。発情のしるしは。俺ときみがつがいなんだ、記憶をなくしても本能でわかる、俺たちが愛しあって……そして生まれたのがルウミなんだ」

ギルバートははっきりとそう断言すると、真雪を抱き上げ、迷いなく奥の寝室へと向かった。


「ああ……っ……」

ダメだ、苦しい。ギシギシと軋むベッドの音のせいか窓を叩く荒々しい風の音のせいか、鼓膜が刺激されていっそう苦しくなってくる。いや、違う。苦しいのではない。心地よいのだ。あまりに心地よくてどうにかなってしまいそうだった。

もうベッドに移動してどのくらいの間、求められているのか。

「あ……っ……っ」

かつて愛しあったことのある同じベッドで、真雪はシャツをはだけた姿でギルバートから激しく愛撫を受けて乱れていた。

乳首を弄られ、耳殻を舐め上げられただけで、背筋がぞくぞくと痺れてしまう。浅ましく、物欲しげにすべての細胞という細胞が彼を求めてやまないようだ。

「桜色の乳首、この感触が愛おしくて仕方ない。きみは俺のつがいだ」

舌先で転がされるだけで、真雪の性器からはどくどくと蜜があふれてくる。

「かわいい、それに愛しい、きみ以外は誰にもこんな気持ちは感じない」

「あ……っ……っ」

真雪は彼の上にまたがるような形で受け入れようとしていた。

いつしかその身に何もつけていない。しかしギルバートはシャツを着たまま脱ぐ時間さえ惜しかったかのように求められている。

「っ……あ」

やがて腰をつかまれ、下から屹立《きつりつ》が肉の輪を圧し、割って内部へと挿りこんでくる。焦がれ、待ち受けていたかのように真雪の粘膜が彼のものを引きずりこんでいく。

「ん……く……ああっ」

熱っぽい吐息が漏れる。どうしようもなく感じてしまう。

彼が欲しくてぬるつき、わなないているそこにすっぽりと侵入されると、それだけで真雪の粘膜は妖しく蠢き、うねりながら彼に絡みつく。

「すごい……たまらないな……すごい……きみのなか」

グイグイと下から突きあげられ、内臓がせりあがってくるような圧迫感をおぼえる。腹が彼のものでいっぱいになって、吐息交じりの淫らな声が止まらない。

「ああ……いい……っ……いいです……そこ……っ」

こんなにも感じてしまうなんて。こんなにも嬉しいなんて。

「やはり……俺たちは……つがいのようだな……」

熱い息を吐きながら、ギルバートが首筋を甘噛みしてくる。もう止まらない。もう止められない。愛しそうに彼が穿《うが》ってくる。

「っん……あぁ…あああっ」

全身を貫く異様な快感にたまらず身悶え続ける。一度目のときよりも二度目……そして今回と……身体を襲ってくる快楽が増していく。

「ああっ、だめ……いく……もう……いっちゃう……ああっ」

どれほど口で否定しても、つがいである事実を互いの肉体が教えあっているかのようだ。極まりすぎて、彼をまたいだはしたない格好のまま、ぴくぴくと真雪は全身を跳ねさせてしまう。

「ああ……溶けちゃ……溶けてしま……っ」

いつしか彼の舌や歯で愛撫されすぎて、真雪の乳首は苺の実のように赤く充血し、ぷっくりと膨らんでいる。つつかれ、捏《こ》ねられるたび、下半身まで感じて、どくどくと真雪の性器からは蜜がほとばしってしまう。

「ん……っあ……あああ……あぁ」

ああ、体内で膨張する熱い塊が心地よくてたまらない。肉のこすれあう摩擦の衝撃に背筋がゾクゾクと痺れたようになり、真雪はたまらず彼のシャツに爪を立てている。

「あ……ん……ああ……あぁぁ――ああっ……あ……は……んっ」

もっともっとと刺激をねだるような、媚《こび》るような自分の声にほおが熱くなる。それが恥ずかしいのに止められない。

「そんなに……いいのか？」

熱い声が鼓膜に響く。真雪は反射的に否定する。

「……や……っ…」

「ごまかすな。やはりつがいだからだ、こんなに心地いいのは」

乳首を舌先で転がしながら、ギルバートが顔をのぞきこんでくる。見られないよう顔を隠そうとずらしたが人さし指の先でクイと顎を持たれ、じっと見つめられる。

「ギルバートさ……やめ……ん……」

「いい顔だ。綺麗だ。もっと見せてくれ。もっときみを描きたい」

「ふ……ああ……ん……っ」

いつしか街の鐘は鳴りやんでいる。古びたエストニアの石造りの民家の壁に淫らな甘い声と抜き差しの淫らな音だけが妖しく反響していく。

「あ……ん……っ」

ふたりの肉が結合部で激しく摩擦しあい、粘着質な音が響く。

真雪の全身には熱い痺れが広がっている。

幸福感に包まれた快楽だった。

いつかまたこの人の子供ができるかもしれない。そんな予感とともに。真雪の内側は熟れた果実のように蕩け、ギルバートの屹立と溶けあっている。

「あぁ……あぁあ――っ」

四年間の想い。それをこめながら、真雪はギルバートの腕の中で乱れた。


明け方、真っ暗なカフェに入ると、ギルバートがデコを抱いてじっとそこに立っていた。シャツとズボンの姿のまま。

「こんなところで……風邪、ひきますよ」

窓から入りこんでくるライトアップされた町の光と雪明りが彼の横顔を照らしている。

真雪は裸身にガウンを身につけ、ストールを彼の肩にかけた。そのとき、彼の視線が壁に並んだ食器に向けられていることに気づいた。

「これは……俺が描いたものだな」

そこには、かつて彼が作ったティーポットとティーカップが並んでいる。

デコと真雪のティーポット。ギルバートの絵が描かれたティーカップ。真雪の絵、祖母の絵。デコの絵。それぞれの絵が描かれている。

そしてその横には、真雪がイラストで描いた絵皿。ギルバート、真雪、祖母、デコ……そしてルウミの絵もある。

「毎日、見ていた夢と同じものがここにある」

「同じものって……」

「湖の中で見た俺ではない俺が、いつも君と過ごしていた場所だ」

「では……やはり覚えて……」

「この前、きみを抱いたあと、いつもの夢がもっとリアルになった。シナモンロールを食べたときからずっと思い出せそうで思い出せないもの。それが夢に出てきて……その光景がここにある」

「……っ」

「そう……そうだ、ここなんだ、俺が探していた場所は。そしてここだ、俺たちの愛しあった世界は。このむこうにあるはずだ、俺の知っている秘密の中庭が」

確信したのか、ギルバートは廊下に進むと、真雪が封印していた木製の扉を開けようとした。

「待って……そこを開けてしまうと……もう……開けないで」

「ダメだ、開けないとなにも変わらない。これは俺の記憶の扉だ」

記憶の扉――――。真雪はもう止めることができないと思った。

彼は思い出す。そう、思い出そうとしているのだ。思い出したいという執念にも似た気持ちから答えを探し当てようとしている。

「いくぞ、壊すからな」

ギルバートは近くにあったハンマーで木製の衝立を叩いた。音を立てて木にヒビが入ったかと思うと、衝立の向こうに雪をまとった中庭が現れた。

あのときのまま、ずっと変わらず残していた彼の中庭、そしてアトリエ代わりの工房。

バルコニーの向こうに見えるエストニアの夜景。

「そうか……やっぱりそうだ。すべてなのかどうかわからないけど、俺はここにいた。そしてここできみをつがいにした」

「……あ……ギルバートさま……っ」

ギルバートの言葉に真雪の眸に涙が溜まっていく。

「きみは突然変異のオメガで子供ができないと言っていた。でも生きている。夢のなかで愛しいひとが死にそうになるのを俺は必死に止めていたが……」

もう嘘はつけない。嘘をついてはいけない。そう思った。

「そうなんです、あなたと結ばれて、普通のオメガになったのです。あなたのおかげで」

「俺の？」

「ええ、長い命を生きていけるだけのオメガになったんです。あなたの愛によって、あなたとの間に子供ができたことによって」

「ルウミ……だな？」

「――はい」

「ルウミは俺ときみが愛しあってできた子供なんだな」

「……そう……です」

涙が止まらない。メアリーと伯爵に申しわけない気持ちになったが、なによりもギルバートに嘘をつきたくなかった。そしてルウミに対しても。

「よかった……よかった……俺の信じたとおりだったんだな」

感動したようにギルバートが真雪をぎゅっと強く抱きしめる。そんな彼の肩にデコが飛び乗っていく。

「俺は……あのとき、きみのおばあさんから俺のせいできみがオメガになったと聞いて、悲しくて、どうしていいかわからなくて、二年後に一緒に死ぬ覚悟で病院を抜け出した」

「そう……だったのですか」

「ああ、でもよかった、生きられるんだ。ルウミが俺たちを守ってくれたんだな」

ギルバートが満たされたような顔で微笑む。その表情がとても幸せそうで胸が熱くなってきた。

「ええ、あの子の存在が。そして今、ぼくは二人の子供のためのドナーにもなれるんです」

もう隠さなくていいのだ。彼が自ら記憶の扉を開いてくれた。

「改めてきみにプロポーズする。俺と結婚してくれ」

狂おしそうに言うギルバートに甘い喜びが広がっていく。ああ、彼の絵が彼の記憶を取り戻すきっかけになるなんて。

そして彼が見ていた夢の世界がここだったなんて。

「でもメアリーさまは？」

胸が痛い。彼女の気持ちを考えると。

「父が勝手に進めた不幸な結婚だった」

ギルバートは苦しそうに言った。

「彼女のことは一度も抱いていない」

「ギルバートさま……」

「どれだけ迫られてもその気になれなかったんだ」

ギルバートの切ない声が胸に痛い。

「そんな……」

そうなのだろう。この人は誠実で優しくてまっすぐな人だ。愛していない相手を抱けるような人ではない。

「愛していないせいだ。きみ以外、抱きたいと思わない」

「でもメアリーさまはあなたを……」

そう、あれほど彼女を頑《かたく》なにしてしまったのは……彼女が愛を得られないからだ。

「彼女は家のため、プライドのため、結婚した。本当は俺を愛していない」

きっぱりとギルバートが言う。

「そうでしたね……」

ただ彼女は必死に自分の妻としての立場を守ろうとしていた。だからこそルウミの母親になろうとしたのだ。それなのにどうして。

「彼女が愛しているのは、別の男だ」

小声で、ぼそりとギルバートが呟く。

「え……」

「俺ではない別の男を愛している」

「え、ええっ?」

意外だった。

「そんな……一体、彼女が誰を愛していると言うのですか」

それならば、最初からその人とむすばれれば幸せになれたのに。無理にギルバートと結婚しなくても。

「彼女が愛しているのは、俺の父だ」

「ええっ」

真雪は裏返ったような声をあげた。意外どころではなかった。想像もしなかったからだ。

「その証拠に、父がロンドンに戻ると彼女もロンドンに戻った」

「待って。それならどうしてあなたと結婚を」

「父は女性に興味がない。母がどうして俺を愛してくれないのか、その理由がわからなかったが……あとでわかって納得した。父は母を愛していなかった。そして今、父が愛しているのは医師のエドモンズだ」

「っ……エドモンズ先生……」

これは薄々気づいていた。そうでなければ、エドモンズがあれほど伯爵家のことを詳しく知っているわけがないのだ。ドナーが真雪だとギルバートに教えたのも彼――。

「メアリーはそれが辛くて、ルウミを冷たくあしらっていた。ようやくそのことに気づいて」

「そう……だったのですか」

それはあまりにも不幸だ。悲しすぎる。

「でもこのままだとメアリーさまが」

「それは父に責任を取らせる。彼女は父に頼まれて俺と結婚し、ルウミの母親になることを引き受けたんだ」

「……責任てどうやって」

「さあ、それくらい父に背負わせよう。きみに辛い思いをさせたんだから」

「いえ、あなたのお父さまのおかげで安心してルウミを産むこともできましたし、感謝しています。祖母も無事に見送れましたし」

「その父との約束だ。二人の間に子供ができたとき、きみと結婚していいと父が約束してくれたんだからな」

「でも……身分が」

「身分なんて関係ない。それと嬉しい報《しら》せを一つ」

「え、ええ」

「きみとルウミと猫を描いた天使の絵。あの絵がパリの国際芸術祭で賞をとったんだ」

「本当ですか?」

「来年一緒にそこに行って欲しい」

「……」

「愛する妻として。そしてルウミとデコと一緒に」

そう言ってギルバートが強く真雪を抱きしめる。

ギルバートの肩の上でミャアと鳴くデコ。

壁に並んだティーポットとティーカップと絵皿と……そこに並んだ絵がみんなの未来を祝福しているように感じた。

ギルバートの記憶が戻った。

真雪が長く生きられるようになった。

きっとルウミの移植もうまくいくだろう。

そんな予感を抱きながら、真雪は痛いほど自分を抱きしめるギルバートの腕の中でこれ以上ないほどの幸福感に包まれていた。

外は雪の積もったタリンの街並み。遠くには、アレクサンドル・ネフスキー大聖堂の玉ねぎ型の屋根がライトアップされ、その上空に月が昇っている。

もうすぐクリスマス。病室にいるあの子のために、またシナモンロールを作って会いに行こう。

今度はこのティーセットと絵皿を持って。

エピローグ

雪の精と猫とルウミの物語――。

おとぎの国タリンに住む小さな男の子ルウミ。猫のデコだけが友達だった彼の前に、しんしんと雪の降る夜、美しい雪の精が現れる。

冬の間だけ現れるという雪の精。

雪の精が魔法を使うと、ベッドのなかでしか生活できなかったルウミは元気になり、デコの背中に乗ってタリンの町中に冒険に行く。

たくさんの新しいことを知って、いろんな困っている人に親切にして、そしてルウミがこれが生きていることなんだと実感したとき、タリンの街に春がきていた。

雪の精は溶けていなくなり、デコだけがルウミのところに残る。

でも気がつけばルウミはとっても元気になっていた。雪の精の命と引き換えに。


「雪の精の命と引き換えに助かるってところが許せないな。ここを変えよう。雪の精は実はルウミのママだった。ママがシナモンロールをたくさん作って、春の訪れとともにルウミの部屋の窓を開けるというところで童話のエンドマークをつけた方がいいだろう」

ギルバートは絵本の担当編集との打ち合わせのチャットを終えると、テーブルの上に置いておいたシナモンロールに手を伸ばした。

昨年末、パリのコンクールで、『雪の精と猫とルウミの物語』の童話をベースに雪の精を聖母風、ルウミを天使風にした絵が金賞を受賞した。

ルウミとデコと真雪をモデルにした絵だ。それがきっかけで絵本を出すことになり、それから半年、あと一枚、ラストの絵だけ仕上げれば、絵本が完成するところまできていた。

「パパ、パパ、残りのシナモンロール、いらないなら、ぼくがもらうよ」

中庭を通り抜け、アトリエに現れたルウミが元気な顔で声をかけてくる。

三歳半になったルウミ。半年前、骨髄移植の手術が成功し、今ではもうすっかり元気になり、真雪と二人でいつも中庭の菜園の手入れをしているせいか、真っ黒に日焼けして、雪という意味のあだ名がだんだん似合わなくなってきていた。

「ダメだ、このシナモンロールは俺のものだからな」

「ええっ、二個もずるいよ」

ルウミが口を尖らせたとき、中庭から声が聞こえてきた。

「ギルバートさま、お客さまですよ」

真雪の声だ。メアリーと離婚したあと、正式に彼と結婚し、今では家族三人、真雪の自宅で暮らしている。

「客？」

めずらしい、自分に客なんて誰だろう。

立ちあがり、中庭に行くとそこにエドモンズが立っていた。松葉杖をついた姿で。

「あ、じゃあ、パパ、ぼく、ママのお料理手伝ってくるね」

ルウミが消えたあと、エドモンズは中庭のベンチに座り、晴れ上がった雲ひとつない青いエストニアの上空を見あげた。

「エストニアにいらしてたのですか」

「ああ、療養も兼ねて。足もだいぶ良くなったからね」

「それはなによりです。それでご用は？」

「おめでとう、ギルバート。真雪くんと共同制作の本が出版されるんだろう？」

「えっ、ああ、まだですけど」

絵本のことだ。ギルバートが絵を描いたあと、真雪がエストニア語で物語をつづって、装丁もすることになっている。

「それより……先生、大丈夫ですか」

「あ、ああ。二度とまともに歩くことはできないが、まあ、仕方ないだろう。これで罪滅ぼしができるわけでもないのはわかっているが」

メアリーによる殺人未遂事件。彼女がエドモンズを刺したのは、今年の春のことだった。

形だけでも自分と結婚してと頼んだメアリーは、エドモンズを愛しているからできないとギルバートの父から面とむかって振られ、ショックのあまり、発作的に父を殺そうとした。そのとき、エドモンズが身を呈して父をかばったのだが、その結果、彼は生死のきわをさまようことになった。

しかしメアリーは不起訴になり、今はアメリカで一から人生をやり直しているようだ。

「これからはおとなしく愛に生きることにした。これは結婚祝いにやるよ」

エドモンズは封筒をギルバートに突き出した。

突然変異のオメガの症例。二十歳を過ぎても生存する可能性について。真雪を研究対象にした論文だった。

「やっぱり学会で発表するつもりだったのですね」

「ああ、めずらしい症例だ。発表すればノーベル賞も夢ではない。でもやめた。真雪くんがさらし者になる」

「ありがとうございます。やめていただかなかったら、俺もあなたを刺すところでした」

「ハハハ、それはまっぴらだ。あ、その論文、やっぱりあげるのはやめた。売ってやるから買ってくれ」

「はあ？」

「いや、物々交換でいい。欲しいものがあるんだ」

「欲しいもの？」

「そのシナモンロールを二つ」

二つ……。

眉を寄せ、バルコニーの下を見ると、車が一台停まっていた。どうやらそこに父がいるらしい。

「わかりました。どうぞさしあげますよ。だからあのどうしようもない男の世話を任せます。俺には親孝行はできませんから」

「エドモンズ先生は？」

お茶とケーキを持って現れた真雪は、中庭に誰もいないことに気づき、小首を傾げた。

「ああ、もうとっくに帰ったよ。バルコニーから俺のシナモンロールを二個盗んで出ていった。代わりにこれを置いて」

「それは？」

「ああ、よくわからない落書きだ」

ギルバートは中庭にある焼却炉にそれをほうり投げた。

ベータがオメガになり、子供を産み、二十歳を過ぎても生きている奇跡——ごくごく稀な、殆ど起きない事実を目のあたりにし、医師として詳細にまとめていたようだ。

その症例を発表すれば、エドモンズのオメガ専門医としての地位は保障されただろう。だが彼はそれよりも愛に生きることを選んだのだ。

だから真雪の謎はこの秘密の花園で葬ればいい。

午後五時を知らせる鐘が教会から聞こえている。

「ママ、パパ、何してるの、早く、早く、新しいシナモンロールができあがったよ」

「ああ、そうだ、ギルバートさま、ルウミと二人で作ったんです、今から一緒に食べませんか」

「ねえねえ、とってもおいしいと思うよ、早く食べようよ」

急《せ》かすように言うルウミは、本当にすっかり元気になっている。ピアノも本格的に習うようになったし、スポーツも挑戦できるようになった。この冬はスケートかスキーがしたいらしい。

「さあ、スイーツの時間にしようか」

笑いながら紅茶を入れて、三人とデコとで食卓を囲む。

折りしも近くに建つ小さな三角屋根の教会から賛美歌が聞こえてきた。

遠くには薔薇色に染まったバルト海。

ギルバートとルウミの顔を見つめ、真雪はふわりと微笑した。

「みんなが生きて、こうしてさりげなくお菓子を食べられるって幸せですね」

その言葉の重み。すべての歯車がうまくかみ合わったことが奇跡のようだと思う。

「そうだな、幸せだな」

違う、これは奇跡ではない、と思った。愛するものを幸せにしたい、守りたいという真雪の思いが今の自分たちの幸せの土台となっているのだ。

「ああ、みんなが生きててよかった。でも俺は……こんなに幸せでいいのかな」

「あなたが幸せでないとぼくが困ります。むしろぼくこそこんなに幸せでいいのか」

「それならきみが幸せでないと俺が困る。俺とルウミが困る。きみが幸せだと俺もルウミも幸せだということを忘れないでくれ」

「そうだよ、ぼくもパパとママが幸せだと幸せだから」

と言ったとき、デコがミャアとなく。

「そしてデコもすっかりおじいちゃんですが、まだまだ生きて家族の一員としてみんなと幸せな未来を過ごしてくれるでしょう」

出会ってどのくらいになるのか。二人が出会ったことで互いの人生が大きく変わった。

それが運命かもしれない。

すべてが泣きたくなるほど愛しく思える。こんなに幸せでいいのかと思うほどだ。

きっとそれは真雪とルウミとデコという愛しい人たちと一緒だから。

みんなで前にむかって進むために生きているのだ。

甘いシナモンロールを噛み締めながら、ギルバートは幸せな時間の温もりを味わっていた。

このたびは本作をお手にとっていただきましてありがとうございます。テーマは世界名作劇場風の昼メロ。貴族の若様と健気っこの甘くてふんわりしたオメガバースを目指しましたが、いかがでしたか？　子供は病気なので野生児描写は控えめですが、そのうちSSで挑戦したいです。

今回もタリンとヘルシンキを取材しました。副題は別のお菓子でしたが、現地で一番おいしかったのでシナモンロールに変更を。あと、タリンの遠景やヘルシンキの湖等々、印象的な所を帰国後に書き加えました。

コウキ。先生、素敵な絵を本当にありがとうございました。上品でかっこいいギルバートと可愛くて優しそうな真雪《まゆき》、ムギュッとしたくなるルウミとデコの愛らしさに悶絶しました。口絵のポットの絵も最高です。ご一緒できまして大変幸せです。担当様には今回も大変お世話になり、感謝の言葉がございません。編集部の皆様、校正様、印刷所の方々にも御礼を。

ここまで読んでくださった皆さまに何よりも感謝をお伝えしたいです。感想など一言でもお寄せ頂けましたら嬉しいです。一年前にクロスさんから出たオメガバースと繋がりはありませんが、そちらも楽しく書いたのでよかったらぜひ。それではまた、どこかでお会いできますように。

CROSS NOVELSをお買い上げいただき
ありがとうございます。
この本を読んだご意見・ご感想をお寄せください。
〒110-8625
東京都台東区東上野2-8-7　笠倉出版社
CROSS NOVELS編集部
「華藤えれな先生」係／「コウキ。先生」係

CROSS NOVELS

オメガの恋は秘密の子を抱きしめる
～シナモンロールの記憶～

著者

華藤えれな

2019年2月23日　初版発行　検印廃止
2019年7月14日　第2版発行

発行者　笠倉伸夫
発行所　株式会社　笠倉出版社
〒110-8625　東京都台東区東上野2-8-7　笠倉ビル
［営業］TEL　0120-984-164
FAX　03-4355-1109
［編集］TEL　03-4355-1103
FAX　03-5846-3493
http://www.kasakura.co.jp/
振替口座　00130-9-75686
印刷　株式会社　光邦
装丁　河野直子（kawanote）
ISBN 978-4-7730-8970-7
Printed in Japan